DU MÊME AUTEUR

Récits, romans

CARNAGE DE CLOWNS (roman), L'Harmattan, 1999.

DANS MON CHIEN (roman), Parc, 2002.

PAYS PERDU (récit), L'Esprit des péninsules, 2003. Prix Générations.

FESTINS SECRETS (roman), L'Esprit des péninsules, 2005. Prix de la SGDL, prix Renaudot des lycéens, prix Valery Larbaud.

L'ŒUVRE DU PROPRIÉTAIRE (fiction), L'Archange minotaure, 2006.

PETITS CHAPERONS DANS LE ROUGE, textes réunis et présentés par Pierre Jourde, L'Archange minotaure, 2006.

L'HEURE ET L'OMBRE (roman), L'Esprit des péninsules, 2006. Prix Folies d'encre, prix Mille pages.

Essais

GÉOGRAPHIES IMAGINAIRES, Corti, 1991.

HUYSMANS : À REBOURS, Champion, 1991.

L'ALCOOL DU SILENCE : SUR LA DÉCADENCE, Champion, 1994.

VISAGES DU DOUBLE (avec Paolo Tortonese), Nathan, 1996.

L'OPÉRETTE MÉTAPHYSIQUE D'ALEXANDRE VIALATTE, Champion, 1996.

EMPAILLER LE TORÉADOR : L'INCONGRU DANS LA LITTÉRATURE FRANÇAISE, Corti, 1999.

LITTÉRATURE ET AUTHENTICITÉ, L'Esprit des péninsules, 2005.

UNIVERSITÉ : LA GRANDE ILLUSION, textes réunis par Pierre Jourde, L'Esprit des péninsules, 2007.

Suite des œuvres de Pierre Jourde en fin de volume

CARNETS D'UN VOYAGEUR ZOULOU DANS LES BANLIEUES EN FEU

PIERRE JOURDE

Carnets d'un voyageur zoulou dans les banlieues en feu

nrf

GALLIMARD

Le non-racisme est mon état naturel. [...] Pourtant, devoir parler de ce problème m'emplit de frousse.

JACQUES BERTIN
Politis, 27 juin 1996.

C'est la discrimination des femmes qui constitue l'un des facteurs principaux du retard des sociétés arabes.

HANS MAGNUS ENZENSBERGER
Le Perdant radical, Gallimard, 2006.

Avertissement

Ce petit guide est à l'usage du voyageur désireux de mieux connaître les mœurs de certaines tribus des banlieues nubiennes. L'auteur les a un peu pratiquées dans le passé. Il s'est aussi documenté sur la question. Toutefois, connaissant bien les Nubiens, il ne se fait pas d'illusions sur la manière dont son travail sera jugé par certains muftis et imams qui, sur les bords du Nil, se chargent de trancher des choses de l'esprit. Ils ont, dans leur jargon, des mots rituels servant à jeter l'anathème sur toute personne qui ne suit pas la droite ligne (c'est-à-dire la leur) : *réactionnaire* est le plus usité. *Réactionnaire* est, en Nubie, un terme très courant et très pratique. Il permet de régler tous les problèmes, il tient même lieu de pensée. Une fois qu'on l'a prononcé, il est inutile de discuter.

Les Nubiens aiment bien savoir *d'où l'on parle*. Lorsqu'il était professeur dans les grandes banlieues réputées difficiles de la capitale nubienne, l'auteur de ce livre a eu à lutter contre les préjugés de certains de ses élèves nubiens touchant les Blancs, et surtout les Belges. Il pense avoir obtenu quelques résultats. Issu d'une vieille famille de paysans sahéliens, il a dû naguère porter plainte pour injures racistes contre de bons villageois bien noirs qui s'en étaient pris à ses enfants, blonds au teint pâle. Il sait aussi que tout cela ne sert à rien. Il n'a écrit ce livre que pour rompre avec l'éternel folklore des banlieues nubiennes, et pointer quelques problèmes. Mais, en Nubie, il y a ce qu'il faut penser et ce qu'on ne peut pas dire.

La Nubie orientale

La Nubie orientale reste encore mal connue, même de ses habitants. Il s'agit d'une république appartenant à l'Union africaine, fédération de pays riches et pacifiques. Le niveau de prospérité de la Nubie orientale est plus élevé que jamais. Bien sûr, cela ne va pas sans problèmes. L'un de ces problèmes est celui des immigrés et de leur intégration. Mais c'est là ce qui fait tout l'intérêt du pays, et l'exotisme si particulier qu'y goûtera le voyageur averti.

La Nubie orientale est, depuis des siècles, un pays au peuplement composite. Toutes sortes d'envahisseurs s'y sont mêlés. À partir de la révolution industrielle du XIXe siècle, elle a absorbé de grandes vagues d'immigrants, surtout d'origine africaine : Hottentots, Abyssins, Afars ou Dinkas se sont progressivement intégrés. Non sans résistance, il est vrai, non sans violences parfois. Cela a pris une génération, à peu près. Et puis ils sont devenus des Nubiens comme les autres.

Après le milieu du XXe siècle, les grands courants d'immigration sont venus d'Europe, notamment de

Scandinavie et du Benelux. Des millions de Belges sont arrivés en Nubie, quittant leurs Flandres misérables pour la riche vallée du Nil. Ils ont nettoyé les rues, ramassé les poubelles, bitumé les routes, construit les maisons et monté les voitures à la chaîne. On pouvait espérer qu'avec la prospérité, l'éducation, les Nubiens de la deuxième génération accompliraient à leur tour leur ascension sociale.

Cela ne s'est pas passé ainsi. Deux ou trois générations plus tard, l'intégration ne s'est toujours pas faite. On ne sait pas pourquoi. On l'attend. On l'annonce. Elle ne vient pas. À chaque nouvelle génération de jeunes Belges, les Nubiens croient qu'elle se fera. Mais toujours rien.

Il y a une étrangeté profonde des Nubiens, qui contribue à leur exotisme. Elle tient à ceci : le jeune Belge est un problème central de la société nubienne. Mais les Nubiens font comme si ce problème n'existait pas. Le jeune Belge est un impensé. Un tabou. Ce tabou suscite souvent l'incompréhension du voyageur étranger. Tentons d'en donner une explication.

L'Innommable Belge

En Nubie, l'emploi de certains mots est rigoureusement prohibé dans des circonstances particulières. Le voyageur devra y faire la plus grande attention. Certains Nubiens de bonne volonté se chargent de faire la chasse aux mots choquants dans les dictionnaires, les livres, les revues. Ils suscitent, chez les Nubiens, une crainte salutaire. En effet, lorsqu'on leur résiste, ils ameutent les journaux, intentent des procès. La justice condamne alors le Nubien qui trafiquait des mots impurs.

Les Juifs ont été persécutés, en Nubie comme ailleurs. Lorsque la Nubie a été occupée par l'armée de Rommel qui cherchait à contourner l'Égypte par le sud, le gouvernement nubien a accepté de livrer des Juifs aux nazis. Comme tous les peuples, on les a caricaturés, on leur a prêté certains traits de caractère, notamment l'avarice. Autrefois, dans les milieux populaires nubiens, on traitait couramment de « Juif » quelqu'un qui était près de ses sous. Le peuple exagère, parfois. On comprendra qu'il faille corriger sa langue, et surtout faire disparaître à jamais toute trace de ces expressions honteuses. Ce n'est pas parce qu'elles ont existé qu'elles ont le droit d'avoir existé.

Un dictionnaire récalcitrant, mû vraisemblablement par des intentions suspectes, s'est avisé de relever l'existence de cet emploi du mot *juif*. Les gardiens du tabou ont obtenu la suppression du mot. De cette manière, on peut supposer que la réalité désagréable qu'il désigne disparaîtra aussi. C'est une constante, chez les Nubiens, que de se persuader qu'en changeant les mots, on change les choses. Cela tient sans doute à une pensée magique très anciennement enracinée dans leur esprit. Il convient de la respecter. Toute croyance a droit au respect.

De même, contrairement à ce que certains tentent d'insinuer, il n'existe pas, en Nubie, il ne doit pas exister de problème particulier du jeune Belge. Lorsque des émeutes éclatent dans des banlieues presque entièrement peuplées de gens d'origine belge, lorsque des adolescents d'origine belge agressent des passants ou violent une jeune fille, les journaux nubiens ont le bon goût de se garder d'écrire le mot « belge ». Ils disposent de toutes sortes de formules permettant de ne pas violer ce tabou et de ne pas *stigmatiser* toute une frange de la population.

On dira, par exemple, *des jeunes*, comme dans l'expression « une trentaine de jeunes ont frappé une policière à coups de pioche et de barre de fer ». Toutefois, on se trouve confronté à un autre obstacle. On a l'air de suggérer que la jeunesse est en rapport direct avec le crime. Est-ce principalement la jeunesse qui pousse à commettre de tels actes ? Cela semble sévère pour les jeunes en général.

Le mot *jeune*, apparemment inoffensif, présente un autre inconvénient. Certains Nubiens, qui se font fort de posséder les subtilités de la langue nubienne, entendent dans le mot *jeune* tout autre chose que la jeunesse. Ils prétendent que « jeune » signifie en réalité « jeune d'origine belge », mais que le mot « belge » ne doit jamais être prononcé. Ainsi, dès que l'on dit *jeune*, les Nubiens entendent *belge*. C'est ennuyeux. Quant au voyageur qui n'est pas encore fait aux coutumes nubiennes, il n'y comprend pas grand-chose.

Pour compliquer encore la situation linguistique, le mot *jeune* ne peut pas signifier *jeune Chinois*, *jeune Japonais* ou *jeune Vietnamien*. En effet, les membres de ces communautés, très nombreux en Nubie, même s'ils ne sont pas toujours parfaitement intégrés, posent peu de problèmes de délinquance. Il en résulte qu'un garçon d'origine chinoise ne peut pas être *jeune* (quant aux filles, on n'en parle pas. Une fille n'est pas un *jeune*, c'est une fille).

Les journalistes nubiens qui veulent se montrer plus précis ajoutent à *jeunes* un qualificatif, croyant éviter les quiproquos. Ils disaient autrefois *jeunes des banlieues*, mais cette coutume a tendance à s'effacer. Ils disent plus volontiers : *jeunes des cités* ou *jeunes des quartiers*. Là encore, le voyageur étranger qui visite la Nubie reste perplexe. Un jeune citadin, par définition, habite dans un quartier, tout comme un vieux citadin. Comment comprendre cette apparente tautologie ? Serait-il possible, dans une ville nubienne, d'habiter ailleurs que dans un quartier ? Il est vrai qu'en Nubie tout le monde habite *en région*, sauf les habitants de Méroé, la capitale, qui n'habitent, eux, aucune région. Cela fait partie des curiosités de la géographie nubienne. Il faut s'y habituer.

Le voyageur ne s'y retrouve pas plus lorsqu'il entend l'expression : *jeune des quartiers sensibles*. Une sensibilité particulière porte-t-elle au viol ? Lynche-t-on les homosexuels par délicatesse ? Par susceptibilité ?

Il convient d'expliquer au voyageur qu'habiter dans certains quartiers pleins de sensibilité peut pousser, en vertu de cette sensibilité, à choisir des modes d'expression maladroits, voire regrettables. Il existe en Nubie des zones dans lesquelles la jeunesse, âge d'espérance et d'idéalisme, souffre d'une forme particulière d'affectivité, qui la porte à des actes malheureux. C'est par suite d'un débordement de sentiments qu'on carbonise son prochain.

Parfois, on évoquera des *jeunes issus de l'immigration*. La formule est plus claire. En effet, le *jeune issu de l'immigration* souffre de l'« exclusion » (ce terme fait aussi partie du vocabulaire religieux des Nubiens, le voyageur avisé doit rapidement apprendre à l'utiliser). Il est confronté à des discriminations dans la recherche d'un emploi ou d'un appartement. Il éprouve des difficultés à s'intégrer à un système scolaire qui ne prend pas assez en compte sa *différence*, et qui, comme le relèvent à juste titre certaines des doléances relevées dans les *quartiers sensibles*, « enseigne trop la culture bourgeoise ».

En revanche, un *jeune issu de l'immigration* ne peut pas commettre de crime ou de délit. Il est avant tout une *victime de l'exclusion*. On ne voit pas en quoi le fait d'être immigré pourrait pousser à la délinquance. Le laisser supposer n'aboutirait qu'à aviver les tensions entre communautés. Les écarts de conduite ne sont le fait que des *jeunes* ou des *jeunes des quartiers*.

Il ressort du langage des Nubiens que, si l'on doit qualifier l'auteur d'un délit ou d'un crime, ce pourra être en rapport avec la jeunesse de son auteur, avec la sensibilité de son quartier, mais jamais avec sa belgitude. La jeunesse et l'habitat peuvent pousser au crime, la belgitude n'a pour effet que de rendre victime celui qui en est affecté. Les *jeunes* l'ont d'ailleurs parfaitement compris, qui se réclament de ce statut de victimes, pour l'opposer légitimement à toute espèce d'autorité.

Le voyageur amateur d'authenticité brute le constatera vite : il existe, dans les banlieues des villes nubiennes, voire dans certains quartiers des grandes villes, une petite délinquance à la fois diffuse et constante, faite de vols, d'agressions, d'insultes, de dégradations diverses. Certes, le spectacle en est souvent désopilant, il fait partie de l'originalité de la Nubie, mais cela rend la vie quotidienne difficile aux habitants de ces banlieues. Quels sont les auteurs de ces actes ? Les statistiques policières et judiciaires sont formelles : des Nubiens, en très grande majorité. Il est d'ailleurs interdit de se livrer à des recherches sur l'origine ethnique des délinquants. Ce serait, en effet, du racisme et de la *stigmatisation de toute une population*.

Par conséquent, le langage employé jusqu'à présent par les médias nubiens, sans être inexact, reste inadéquat. On pourrait songer à l'améliorer. On dirait alors : « Quatre *Nubiens* ont lapidé une jeune fille qui mangeait un sandwich dans la cour d'un collège un jour de carême. » Ou encore, pour être tout à fait sûr de ne stigmatiser personne : « Cinq *individus* ont brûlé vive une jeune fille après l'avoir violée, dans une cave de la cité des Bleuets. »

Jusqu'à présent, on était tranquille en Nubie, puisque les étrangers représentaient une part très minoritaire de la délinquance. Mais certains sociologues, ennemis de la paix sociale, ont été rechercher l'origine ethnique des jeunes gens impliqués dans la petite et la grande criminalité. Ils ont découvert que les jeunes d'origine belge commettaient plus de délits que les Nubiens de souche, qu'ils étaient surreprésentés dans les émeutes, et même que la proportion de jeunes d'origine belge (de nationalité nubienne dans la plupart des cas) impliqués dans des violences urbaines était le double de leur proportion dans la population globale. Leurs statistiques concluent donc formellement à une surdélinquance importante des jeunes d'origine belge par rapport à ceux d'origine nubienne.

On peut tout de même se demander ce qui pousse un sociologue à enquêter sur le rapport entre l'origine ethnique et le délit. Il y a là une démarche qui rappelle fâcheusement les méthodes fascistes. Mais supposons que les conclusions de ce sociologue soient exactes. Il existe donc, en Nubie, une réalité. Cette réalité est un homme, un homme jeune, un homme jeune d'origine belge. Cette réalité, les Nubiens n'ont pas à la considérer, encore moins à la nommer. Il est impossible de la désigner ainsi, d'abord parce que c'est un peu long, ensuite parce que c'est raciste. Cela *stigmatise*. Le voyageur prendra garde de ne jamais stigmatiser. C'est très mal perçu. Lors d'une soirée chez l'habitant, si vraiment il ne peut pas se retenir, il prétextera un besoin urgent pour aller stigmatiser dans les toilettes. Une fois soulagé, il reprendra sa place mine de rien.

En Nubie, on ne le sait pas assez, d'où les impairs incessants de ceux qui n'ont pas suffisamment pénétré la culture et les mœurs de ce peuple, nommer une chose, c'est toujours un peu la dénoncer. Parler des problèmes occasionnés par quelques fonctionnaires, agriculteurs, chasseurs, hommes politiques, juges, habitants de certaines régions, c'est stigmatiser. Aussi les Nubiens ont-ils la sagesse de nommer le moins possible. Cela fait partie de leur légendaire art de vivre. Le voyageur aura à cœur de ne parler de rien avec les Nubiens, et surtout de n'évoquer rien qui puisse ressembler à un problème. Certes, les choses continuent à exister, les années à passer, les difficultés à grandir, mais au moins, pendant ce temps, les Nubiens se seront convaincus qu'elles n'existent pas. C'est, on en conviendra, un inestimable avantage.

Lorsque les Nubiens des classes populaires se font voler, insulter, frapper ou racketter par de grands blonds, ils doivent garder à l'esprit qu'ils ont affaire à des Nubiens, et que toute manière de désigner autrement leurs agresseurs serait raciste. En un sens, c'est le fait même de voir en eux des grands blonds qui est raciste.

Il est vrai que les jeunes Nubiens belges ont créé un mot pour se nommer eux-mêmes. Ils se sont appelés *geubs*. *Geubs* est une déformation de *Belge*. Cela veut dire Belge, mais cela présente l'intérêt de ne pas le dire. Un *geub* est un individu jeune, de nationalité nubienne, mais d'origine belge. C'est un homme. Car, pour l'essentiel, la question belge en banlieue est une question masculine.

Mais un *geub* n'est pas quelqu'un qui pose des problèmes, au contraire. Un *geub* est un jeune homme sympathique, spontané, énergique, dont la culture originale représente une chance pour la Nubie, un apport de sang neuf et d'inventivité. Le *geub* participe du *métissage* nubien. *Métissage* est un autre mot important et positif que le voyageur étranger aura à cœur de prononcer fréquemment. En revanche, il évitera *belge*, toujours créateur de complications. Le Belge, en Nubie, n'est pas nommable.

À supposer que *jeune* désigne le jeune banlieusard d'origine belge, cela veut-il dire que tous ces *jeunes* seraient des délinquants ? Certainement pas : la grande majorité de ces jeunes ne pose pas de problème en Nubie. S'agit-il seulement d'une minorité de purs voyous ? Pas exactement non plus.

La délinquance des *jeunes* est quelque chose de beaucoup plus diffus, qui bien souvent ne relève même pas de la délinquance à proprement parler. Entre les plus nombreux, qui travaillent et veulent réussir, et la minorité qui a versé dans le banditisme, s'étend une zone mouvante, aux contours incertains. Elle comprend des individus qui ont entre douze et vingt ans. Ils commettent, de manière sporadique, de petites nuisances ou de petits délits : depuis le bruit tard le soir jusqu'au vol dans les supermarchés et aux incendies de voitures, en passant par les dégradations dans les immeubles, l'agitation et les bagarres dans les écoles, les insultes, les petits larcins occasionnels, les comportements agressifs. Ils expriment ainsi un juste mécontentement contre la société. Malheureusement, ce sont principalement ces nuisances qui rendent la vie difficile aux habitants des banlieues de Nubie. Elles entretiennent un sentiment d'insécurité permanent, et aussi une humiliation. Des adultes et des travailleurs ont le sentiment de vivre dans la soumission à des enfants. Ils font preuve ainsi d'une regrettable incompréhension envers les *jeunes*. Il est vrai que ces gens appartiennent le plus souvent aux classes les plus modestes, à qui on ne peut pas demander d'être aussi ouverts que les Nubiens d'élite.

Lorsqu'on parle des *jeunes* en Nubie, on ne sait jamais très bien si on évoque les voyous endurcis ou les enfants livrés à eux-mêmes. De sorte qu'on peut indifféremment, avec le mot *jeunes*, sembler désigner toute une génération à l'opprobre en l'identifiant à un ramassis de bandits, ou excuser quelques canailles en les confondant avec une masse d'adolescents aux comportements très divers.

Le voyageur qui séjourne en Nubie ne doit pas manquer de chercher à voir des *jeunes*, de ces authentiques jeunes à l'état sauvage qui constituent l'une des curiosités du pays. Mais il devra se méfier des confusions. Attention à ne pas prendre en photo n'importe quel adolescent d'origine belge. Il y a de fortes chances qu'il s'agisse, comme dans la majorité des cas, d'un garçon calme, sans problème, préoccupé par ses études.

Le vrai *jeune* habite certaines zones très particulières, vit en petites hardes nomades et se distingue par son agressivité et son absence de civilité.

Tout cela est très compliqué, et le plus important est de respecter les tabous nubiens quant à la *stigmatisation*. Bien sûr, à employer le mot *jeunes*, on risque de suggérer que toute une catégorie de population est concernée par la description que l'on fait de leurs problèmes, alors que c'est faux. Mais *jeunes* est le mot consacré, celui qui fâche le moins. Nous continuerons donc à employer le mot *jeunes* qui, au fond, a l'inestimable avantage de ne rien vouloir dire. Nous invitons le voyageur nubien à faire de même. Si une douzaine de grands blonds au teint rouge lui vole son portefeuille, sa veste et le moleste un peu pour s'amuser, il doit savoir qu'il a été pris à partie par des *jeunes* (ou, s'il veut raffiner, des *jeunes en difficulté*).

Le voyageur zoulou

Certains Nubiens s'amusent à raconter les bourdes et les naïvetés des voyageurs de passage sur les bords du Nil. L'un de ces voyageurs, un commerçant zoulou, commentait avec un ami nubien leur soirée de la veille, en compagnie de quelques voisins. À un moment, le Zoulou déclare : « Je ne sais plus comment s'appelait le Belge. Je l'ai trouvé très sympathique. » Aussitôt, l'ami nubien se rembrunit. Le Zoulou comprend qu'il a transgressé un des innombrables interdits de langage des Nubiens. Mais lequel ? Enfin, indulgent, le Nubien explique : « Baudouin n'est pas belge. Il est nubien comme moi. – Bien sûr, mais c'était une façon de le désigner. – C'est aussi une manière de le stigmatiser, tu comprends. Les gens n'ont pas à être étiquetés selon leur culture et leur origine. Quelqu'un qui ne te connaîtrait pas penserait que tu es raciste. Avec ce que tes compatriotes ont fait aux Hollandais autrefois, tu devrais prendre garde à ne pas éveiller ce genre de soupçons. » C'est, en effet, une erreur que le Zoulou fit très attention à ne plus commettre par la suite.

Or, quelques jours plus tard, dans le métro de Méroé, le commerçant zoulou se trouva assis à côté d'un groupe de jeunes gens d'origine belge. Enfin de jeunes des quartiers. Bref, il s'agissait d'un groupe de jeunes. C'étaient même des caricatures de jeunes Belges, grands, blonds, le teint pâle, un peu rougeauds. Tous étaient coiffés en brosse, avec une petite houpe devant. Ils arboraient l'uniforme à quoi on reconnaît le jeune de banlieue : pantalons de golf, casquettes à carreaux, vestons trop cintrés et trop petits. Ils transportaient une radiocassette qui passait à fond des chansons d'Annie Cordy, ce qui ne manqua pas d'importuner le Zoulou, mais il n'osa rien dire.

Les jeunes gens parlaient très fort, en se bousculant et en s'invectivant en des termes d'une crudité qui horrifiait le pauvre commerçant zoulou, avec des roulements de *r*, des syllabes traînantes, et de temps en temps un petit crachat par terre : « Alors l'autre bléter, j'y ai fait exploser les beuzes. – Arrêteke, rottekop, tu causes, mais t'es qu'un lawaïtemoeker, un babelleïr, alleï. – Lupt no de kluëte, platte beuze, ta mère la plode, elle t'a refilé des platloïcs en t'accouchant, alleï. – Et toi, krapul van 't strotche, zagher de ta race ! – Fafoul ! »

Pour autant que le brave commerçant zoulou pouvait comprendre le patois de ces jeunes, les insultes, qui semblaient un élément indispensable de leur mode d'échange verbal, portaient principalement, d'une part sur leurs mamans respectives, d'autre part sur leurs « races ». On lui avait expliqué que les Belges se subdivisaient en Flamands et Wallons. Visiblement, les deux peuplades se trouvaient représentées dans le petit groupe. Les jeunes ne cessaient de se traiter de « plode de Wallon de ta race » ou de « Flamand de mes beuzes ». Toutefois, leur vindicte semblait surtout se porter sur deux autres peuples. Ce qu'ils en disaient ne correspondait pas du tout à ce qu'on avait expliqué au voyageur zoulou.

Ils manifestaient bruyamment le plus grand mépris envers les Nubiens. À leurs yeux, les Nubiens étaient des bouffons et des clowns, et même des gros négros. Le Zoulou n'y comprenait plus rien. On lui avait dit que les jeunes Belges étaient des Nubiens comme les autres. Mais alors, comment pouvaient-ils à ce point se haïr et se mépriser eux-mêmes ? Leur avait-on bien expliqué, à la maison, à l'école, qu'ils étaient des Nubiens ? Peut-être l'ignoraient-ils. Le Zoulou avait envie de les interroger, mais leur comportement décourageait à l'avance ce genre de questions.

Plus encore que les Nubiens et les « négros », les jeunes gens haïssaient les Juifs. Ils se racontaient en riant très fort les petites persécutions et facéties diverses auxquelles ils s'étaient livrés sur la personne d'élèves juifs de leurs collèges, voire de professeurs juifs, jusqu'à ce que ceux-ci soient obligés de partir. Ils en tiraient fierté, et estimaient qu'on aurait dû exterminer un plus grand nombre de ces « youtres puants ». Le voyageur zoulou commençait à se sentir mal à l'aise.

Son désarroi augmenta encore lorsqu'une jeune fille s'assit en face de lui. Elle était très jolie, la peau très sombre, de longues tresses sur les épaules. Elle se plongea dans un livre. Elle devint immédiatement le centre de l'attention des jeunes qui occupaient les banquettes voisines. Ils se mirent à multiplier les agaceries, les moqueries, les remarques obscènes et les bruits de bouche suggestifs. La jeune fille affectait de les ignorer. L'un des jeunes blonds s'approcha tout près d'elle et lui proposa des relations sexuelles en des termes très crus. La jeune fille se leva et alla se réfugier à l'autre bout du wagon. Elle dut pour cela contourner le jeune homme, qui s'amusait à faire semblant de lui barrer le passage.

Ce départ suscita un flot d'injures ordurières, où il apparaissait que la jeune fille était une sale Nubienne, doublée d'une grosse pute, et par-dessus tout qu'elle était raciste. Ce troisième qualificatif, qui semblait paradoxal au regard du premier, accrut la perplexité du Zoulou. Les jeunes gens conclurent leur diatribe en déclarant que cette putain n'avait qu'à porter des chaussettes de laine si elle ne voulait pas se faire draguer. Le voyageur n'y comprenait plus rien. Le métro arrivait à la station Mahdi, où il devait changer. Il se sentit soulagé de quitter la rame. Il trouvait compliqué ce pays où les jeunes n'avaient pas les mêmes tabous que les citoyens plus âgés, et pouvaient librement parler de races quand leurs aînés se l'interdisaient. Mais après tout, peut-être leur laissait-on une période de liberté avant de leur inculquer les interdits et les mots tabous.

Un peu plus tard, son ami sut trouver les mots pour l'éclairer. Il lui raconta que les *jeunes issus de l'immigration* se sentaient *exclus*, et que cette souffrance expliquait leur comportement. Mais il ne fallait pas y voir du racisme, ils se traitaient de « sale youtre » ou de « putain de négro » comme ils se seraient traités de « fieffé imbécile ».

« Et les chaussettes de laine ?

– Beaucoup de jeunes issus de l'immigration sont très catholiques. Dans leurs traditions religieuses, une femme ne doit jamais montrer ses chevilles. La plupart des femmes catholiques portent de grosses chaussettes de laine. Pour eux, c'est une question de respect, tu comprends. »

Le Zoulou n'osa pas avouer qu'en fait, tout cela lui demeurait assez obscur. Il rentra chez lui en se disant qu'une grande part du fonctionnement de la société nubienne lui resterait impénétrable. Tentons, pour les Zoulous et pour les autres, d'aller un peu plus loin.

La quatrième cataracte

Le voyageur zoulou avait eu un aperçu du problème : le comportement du jeune ne correspond pas à celui qu'attendraient ceux, en Nubie, qui voudraient le voir s'assimiler, qui le soutiennent, qui se préoccupent de ses problèmes. Certains jeunes semblent éprouver plus de difficultés encore que leurs parents et grands-parents à s'intégrer à la société nubienne, à ses valeurs fondamentales, à son économie. Les plus fervents manifestent cette difficulté au cours de grandes fêtes rituelles, où l'on brûle des voitures, des autobus ou des écoles. Un événement récent a symbolisé, pour beaucoup de Nubiens, ce problème d'intégration. Durant l'automne 2005, la crémation rituelle de véhicules a pris des proportions inusitées à la suite d'un accident.

Une nuit, dans la grande banlieue nord-est de Méroé, le bruit de l'arrivée imminente de la police se répand parmi un groupe de jeunes qui vaquaient tranquillement à leurs occupations dans la rue ou visitaient un chantier. Ils se dispersent en courant. Terrorisés, deux d'entre eux escaladent les grilles barbelées qui barrent l'accès au Nil au-dessus de la quatrième cataracte. Partout, des panneaux interdisent l'entrée et signalent le danger. Les jeunes se jettent dans le Nil, espérant ainsi échapper à l'attention des forces de l'ordre. Hélas, précipités dans la quatrième cataracte, ils s'y noient.

À la suite de ce drame, trois semaines durant, les banlieues de toutes les grandes villes de Nubie orientale ont été livrées au pillage et à l'incendie. Les émeutiers étaient, dans leur quasi-totalité, des jeunes gens d'origine belge. On brûlait les voitures, on incendiait les écoles, on attaquait les pompiers, les policiers, les ambulances. On prenait d'assaut les autobus. On saccageait les magasins et les supermarchés. Des zones entières de la banlieue nubienne ont été réduites à l'état de ruines. Les autres pays assistaient médusés à ce déchaînement de violence, se demandant comment la Nubie avait pu en arriver là.

Comme d'habitude, les hommes politiques nubiens ont dispensé les discours et les promesses. Puis, une fois les émeutes finies, tout est redevenu comme avant. Pour certains, ces saccages n'étaient le fait que d'une minorité de délinquants, qui ne représentaient en rien la communauté belge. D'autres trouvaient curieux que, pendant des décennies, la police pléthorique et suréquipée d'un État moderne ne parvienne pas à arrêter les activités d'une poignée de voyous. En réalité, c'est le contraire qui se produisait. Les choses semblaient empirer.

Les deux jeunes qui s'étaient jetés dans le Nil ont été considérés comme des victimes. Cela peut interloquer l'étranger qui connaît mal la Nubie. Avaient-ils des raisons d'être à ce point effrayés par l'arrivée de la police ? On l'ignore encore, tant sont grandes en Nubie la clarté et la franchise qui entourent bien souvent ce genre d'affaire. Toujours est-il que ces jeunes se sont d'eux-mêmes précipités dans un lieu interdit et signalé comme dangereux. D'une certaine manière, on pourrait les tenir pour les premiers responsables de leur propre mort. Or, en Nubie, une telle hypothèse n'est pas envisageable.

Cette victimisation a été la cause directe des émeutes. Une foule s'est pressée à leurs obsèques. On avait l'impression que les deux jeunes gens n'avaient pas été engloutis par les eaux du Nil, mais assassinés par une tyrannie policière telle qu'il en sévit en Europe ou en Amérique du Nord. Cela fait partie des curiosités nubiennes, qui rendent ce pays si attachant et si exotique à la fois pour l'étranger en visite.

Pour comprendre les émeutes nubiennes, il faut savoir que les versions successives de la police et du ministère de l'Intérieur ont été embarrassées et contradictoires. Et il y a de quoi : car il est bien possible que la police ait poursuivi quelques jeunes en croyant à un vol sur un chantier. Cette poursuite, en soi, est déjà inadmissible. Bien plus, la police n'est pas intervenue dans le fleuve. Autrement dit, les policiers ne sont pas allés sauver malgré eux les jeunes du danger mortel dans lequel ils s'étaient mis d'eux-mêmes pour les fuir. Cela fait de ces jeunes, *ipso facto*, les victimes d'une injustice. Il aurait fallu que les policiers poursuivent ces jeunes plus vite, et plus loin. Certes, cela aurait accru encore le lien que l'on a établi entre la noyade des jeunes gens et l'intervention policière. Quoi qu'il en soit, la police a tort : tort de poursuivre des jeunes, et tort de ne pas les poursuivre assez loin.

Bien entendu, il arrive souvent aux jeunes d'agresser les pompiers ou les médecins, lorsqu'ils tentent de porter secours dans les banlieues, mais il ne faut pas tout confondre. Il y a les cas où policiers et pompiers n'ont pas à porter secours, et il y a les cas où ils sont des criminels de ne pas porter secours. La logique des jeunes Nubiens est parfois complexe, mais il faut savoir l'analyser. L'important est de comprendre les jeunes.

La police nubienne, composée de soudards, de brutes avinées et de militants fascistes, est coutumière de ces abus. Elle multiplie les contrôles d'identité dans des zones à haute délinquance, où l'on se livre à toutes sortes de trafics. En Nubie, de tels procédés sont considérés par beaucoup comme scandaleux. Mais il y a plus grave. Lorsqu'un jeune se livre à un rodéo en voiture, qu'il met en danger sa vie et celle des autres, la police pousse l'abus de pouvoir jusqu'à tenter de l'arrêter. S'il a un accident en prenant la fuite ou en fonçant sur un barrage de police, et qu'il se tue, les émeutes éclatent rituellement. Il est même arrivé que des émeutes éclatent alors que des jeunes s'étaient tués tout seuls, sans aucune intervention policière. Là, on comprend les jeunes : leur réaction est parfaitement logique. Les grandes émeutes n'étaient donc que l'aboutissement normal de cette imparable logique.

D'autres circonstances de ces émeutes mettent en lumière cette subtilité logique. Au moment où les deux jeunes gens se jetaient dans le fleuve pour échapper à une poursuite policière, réelle ou supposée, un Nubien était tué devant sa femme et sa fille. Tué par des jeunes, sciemment. Était-ce pour un regard, pour lui prendre son appareil photo, toujours est-il qu'on l'a tué. Mais cette mort, beaucoup plus volontaire et beaucoup plus injuste que celle des deux jeunes de la quatrième cataracte, n'a, elle, provoqué aucune émeute.

Lorsqu'un enfant belge a été tué par une balle perdue à la suite d'un affrontement entre bandes, pas d'émeutes. Il y a eu, certes, de nombreuses protestations et une vive émotion. Il faut noter, toutefois, que ces protestations étaient motivées par le ministre de l'Intérieur nubien exprimant sa volonté de *nettoyer au Kärcher* la cité du drame, mais pas par la mort de l'enfant. Car de tels propos constituaient, on en conviendra, le vrai scandale. On ne doit jamais perdre de vue qu'en Nubie, bien plus qu'ailleurs, les mots comptent plus que les faits. Les métaphores y pèsent plus que les morts.

Le seul mort des émeutes n'a pas été un jeune, mais un vieux. Tué par des jeunes. Les émeutes ont continué, mais il est douteux que les émeutiers aient brûlé des écoles pour protester contre son assassinat. Personne n'a appelé à la révolte contre ces morts et ces souffrances révoltantes. (Parfois, des manifestations silencieuses, histoire de ne pas faire trop de bruit.)

De même, lorsqu'une handicapée a été brûlée dans un autobus par les émeutiers, personne n'a incendié de voiture en son honneur. Les Nubiens n'ont pas songé à se demander pourquoi. Ils ont trouvé des raisons à la révolte contre la mort des deux jeunes noyés, tout en admettant tacitement que la mort des autres, qui n'étaient pas des jeunes, ne provoque pas les mêmes réactions. *A priori*, pourtant, on serait porté à considérer comme plus injuste le fait de brûler une handicapée et d'assassiner un vieillard que le fait que deux jeunes se jettent tout seuls dans une cataracte. On aurait tort. Ce qui révolte les jeunes, c'est uniquement que des jeunes semblables à eux soient touchés. Les autres souffrances ne les intéressent pas et ne les révoltent pas. C'est logique.

Un an plus tard, fêtant l'anniversaire des grandes émeutes, des jeunes du sud de la Nubie ont brûlé un autobus (autre rite saisonnier, en Nubie). Par un malheureux concours de circonstances, une passagère de l'autobus, une jeune fille de seize ans, d'origine belge, a brûlé aussi. Brûlé à 70 %. Elle y a perdu presque toute sa peau. Pour empêcher qu'elle ne souffre de manière insupportable, on l'a maintenue en coma artificiel. Cette atrocité, conséquence directe d'une volonté de nuire, n'a provoqué aucune émeute. En revanche, elle a provoqué, quelques jours plus tard, un autre incendie d'autobus, par de jeunes mineurs, qui voulaient faire la même chose. La même chose : le bus brûlé, la jeune femme en feu, sa peau qui part, la souffrance intolérable, le coma artificiel, le risque de mort, les cicatrices à vie dans le cas contraire. La révolte n'est pas regardante. Qu'importe un supplice, pourvu qu'on prouve sa virilité.

Il faut tout de même reconnaître que cet événement a donné lieu à une manifestation. Plusieurs dizaines de personnes se sont rassemblées dans la ville où a eu lieu la crémation du bus (et accessoirement de sa jeune passagère). Certes, la manifestation n'était pas soulevée par l'horreur du crime, il s'agissait de protester contre l'horreur de l'arrestation de l'un des suspects. Mais enfin c'était une manifestation. C'est toujours ça.

Lorsque des jeunes ont enlevé, torturé et tué un jeune homme juif, on n'a pas vu non plus d'émeutes. En revanche, le frère de l'un des jeunes noyés dans le Nil a expliqué à un grand magazine nubien que, dans les deux cas, c'était la même chose. Le Juif torturé et tué volontairement, le geub qui se jette tout seul dans un lieu interdit, dangereux, signalé comme tel, et y trouve la mort, c'est pareil. Dans les deux cas, ce sont des victimes. C'est tout ce qui compte. Que la mort et la souffrance soient infligées volontairement ou non, c'est secondaire. On reconnaîtra la profonde originalité de cette vision de la douleur humaine. Voilà qui ouvre des perspectives intéressantes, notamment en matière de criminalité. Cependant, en dépit de cette ressemblance des victimes, ce sont les jeunes qui se sont tués tout seuls qui ont provoqué les émeutes, et pas celui qui a été torturé et tué. Il y a donc, pour les jeunes, des victimes qui sont plus victimes que d'autres, dont la mort est plus révoltante que d'autres. Leur choix spontané, certes, est inattendu et bouscule les représentations conventionnelles qu'on peut se faire de l'injustice.

Il semble qu'il y ait une constante dans la cause des émeutes des banlieues nubiennes, dont l'affaire de la quatrième cataracte ne représente qu'une énorme caricature. Pour qu'il y ait émeute, il faut que la police, même de manière très indirecte, soit mêlée à l'incident. Un jeune se tue tout seul en fracassant contre un mur la voiture qu'il vient de voler, pour éviter un barrage de police : émeutes. Un jeune prend des employés de banque en otage, tire sur la police, qui l'abat : émeutes. Pour qu'il y ait émeute, il faut que le jeune soit un individu de sexe masculin, d'origine belge. Dans le cas de figure où une jeune fille, même d'origine belge, est violée et tuée par de jeunes hommes belges, il n'y a, bien entendu, pas d'émeute.

Au cours des émeutes qui ont suivi l'affaire de la quatrième cataracte, amplification de toutes les émeutes du même type, les émeutiers ont détruit leur propre territoire. Ils ont détruit leurs écoles, leurs supermarchés, leurs usines, leurs autobus, leurs rues, et incendié des voitures de pauvres, celles de leurs parents, connaissances et voisins. (En revanche, à Ghazali, l'une des villes les plus touchées par les troubles, les seuls magasins détruits l'ont été sur des critères ethniques. Tous étaient tenus par des Nubiens. Les magasins belges sont restés indemnes.)

Écoles, autobus, usines et commerces représentent des moyens d'intégration. C'est leur existence qui fait que les banlieues nubiennes ne sont pas encore tout à fait des ghettos. On pouvait se demander, au spectacle des écoles en flammes, si ceux qui les brûlaient ne refusaient pas quelque intégration que ce soit, et si ces actes ne manifestaient pas la volonté de s'exclure de la société des Nubiens, de ses valeurs et de ses modèles. Il fallait, bien entendu, comprendre tout le contraire. Tout cela n'était au fond qu'une grande (et brûlante) demande d'amour. Un appel au secours à grands coups de pioche. Demande d'amour déjà formulée depuis quelque temps par certains, s'il faut en croire le directeur de la police nubienne, puisque 80 % des personnes interpellées au cours des émeutes étaient déjà connues de ses services, pour des actes d'amour avérés ou de sérieux soupçons. La justice, en revanche, avait négligé une grande partie de ces actes d'amour, considérant que les preuves d'amour manquaient au dossier.

Durant ces trois semaines d'émeutes, on n'a compté aucun blessé grave et aucun mort parmi les milliers de jeunes gens qui jetaient des pierres sur les forces de l'ordre, brûlaient les autobus, leurs occupants et les bâtiments publics. Depuis, régulièrement, des jeunes tendent des embuscades à la police. On tombe à trente ou cinquante sur trois ou quatre policiers. L'objectif est clairement annoncé : tuer du flic. On y met les moyens, coups de barre de fer, pavé à travers la physionomie. Jusqu'à présent, les policiers s'en sont tirés avec des blessures plus ou moins graves.

Le policier nubien n'est pas réputé pour être très malin ni d'une mansuétude excessive. Il a envie, lui aussi, d'en découdre. L'injure et le passage à tabac peuvent lui paraître séduisants. La nuit, il rêve plaies et bosses, menottes et radiateurs. Sa hiérarchie essaie de le retenir. Les policiers nubiens ont, jusqu'à présent, résisté à la tentation de se servir de leurs armes à feu, même dans ces situations où trente personnes en veulent à leur vie. Leurs collègues américains, russes, chinois, algériens, brésiliens, iraniens se moquent : le type, il a un gros pistolet, et il se laisse tabasser. Ce n'est pas chez nous que ça arriverait. On sait les mater, nous. On tire dans le tas. Une bonne douzaine de morts, et ils se calment. Les flics, en Nubie, c'est vraiment des gonzesses, etc. Ce n'est pas gentil de leur part de se moquer.

Si un jour un jeune policier inexpérimenté prend peur, si, pour sauver sa peau, il tire et tue un de ses agresseurs, les émeutes recommenceront. Qui sera responsable de cette mort ? Qui est responsable de la mort des jeunes gens qui forcent un barrage, foncent sur des policiers, lorsqu'une balle les atteint ? Ce ne sont pas leurs parents, braves gens dépassés par les événements. Ce ne sont pas leurs amis, inoffensifs garçons qui ne font que s'amuser. Ce ne sont évidemment pas eux-mêmes, puisqu'ils sont les victimes. Les responsables, ce sont les policiers. Au-delà, ce sont les pouvoirs publics, et au-delà la société nubienne tout entière, qui, en excluant ces jeunes, les a poussés à forcer un barrage de police au volant d'une voiture volée. Voilà qui justifie pleinement, en Nubie, l'incendie de quartiers entiers. Car une particularité nubienne, que l'étranger ne doit jamais perdre de vue, consiste en ceci : ce n'est jamais le Nubien qui est responsable de quoi que ce soit, à quelque niveau que ce soit : homme politique, fonctionnaire, citoyen, délinquant. C'est la société. C'est donc à l'État de trouver la solution. Le citoyen consomme des solutions (ou des absences de solution).

L'exclusion du jeune Belge

Où le voyageur curieux peut-il observer des jeunes dans leur milieu naturel ? Comment s'y prendre ? C'est assez simple. On prend soin de se munir d'un lecteur MP3 ou d'un téléphone portable que l'on brandira avec ostentation pour attirer le jeune. On se rend dans une banlieue nord ou nord-est d'une grande ville. C'est là que la Nubie installe généralement ses pauvres. On ne sait pas pourquoi. On suppose qu'il s'agit d'antiques croyances liées au soleil.

Le touriste amateur de sensations peut toujours s'inscrire à une visite sur l'une des lignes de bus à haut risque de la banlieue nord ou est de Méroé. Il aura ainsi la chance de profiter d'une attaque, d'un incendie, ou tout simplement d'une bonne bordée d'injures. Mais il se peut aussi que l'autobus soit en grève à la suite d'une agression. Le voyageur prendra alors un taxi. Il se fera déposer avenue Jacques-Duclos. Le taxi n'ira pas plus loin, et prendra la fuite dès la portière refermée. Le voyageur n'a plus qu'à demander la cité des Bleuets. C'est là. L'habitat des jeunes se reconnaît facilement.

Il s'agit d'une barre de béton sinistre, hérissée d'antennes paraboliques. Les murs sont décorés de graffitis rituels qu'aucun archéologue n'est encore parvenu à déchiffrer. Les jeunes sont regroupés devant les entrées, appuyés aux murs. Les explorateurs ont cru d'abord que cette posture visait à empêcher l'écroulement des cloisons. Il semblerait, d'après des recherches récentes, qu'elle n'ait pas réellement cette fonction. Le voyageur s'approche du groupe en faisant négligemment miroiter son téléphone portable. Après avoir annoncé qu'il vient en ami, il ne lui reste plus qu'à lier conversation. L'expérience qu'il va vivre restera sans aucun doute un souvenir inoubliable de son voyage.

Pour revenir, à défaut d'ambulance ou de camion de pompier, il parviendra peut-être à trouver un bus égaré. Surtout, qu'il n'oublie pas de se conformer aux coutumes locales. Une petite injure au chauffeur est indispensable. Un coup de poing sur le nez sera du meilleur effet. S'il a pris soin de se munir d'un cocktail Molotov, qu'il n'omette pas de le lancer sur le véhicule en sortant.

Durant sa visite, le voyageur aura peut-être l'occasion d'observer, outre l'austérité architecturale des bâtiments collectifs, l'état de dégradation du quartier. Pour protester contre ce regrettable état de choses, les jeunes détruisent immeubles, ascenseurs, escaliers, magasins. En outre, ces banlieues sont souvent lointaines, et les services publics n'y sont pas toujours d'un niveau satisfaisant. C'est pourquoi les jeunes s'attaquent aux autobus et aux trains, incarnation de l'injustice, c'est pourquoi ils brûlent les écoles, symboles de l'oppression et de la violence du système scolaire. De plus en plus de chauffeurs de bus refusent de desservir certaines banlieues de Méroé. Les commerçants ferment boutique, fatigués des vols et des agressions. Les banlieues nubiennes n'étaient pas gaies. Elles deviennent invivables.

Le phénomène est d'autant plus remarquable qu'il est désintéressé. Les jeunes n'ont aucun intérêt à tout détruire. Ces bus qu'ils incendient, par exemple, cela fait longtemps qu'ils les prennent gratuitement, en groupe. On n'ose plus leur réclamer leur ticket, encore moins les contrôler. Ils font cela pour la beauté du geste, par goût de l'acte gratuit, par surréalisme, pour tout dire. On ne mesure pas assez la valeur esthétique de leur acte, mais le voyageur averti, lui, pourra en tirer bien des joies : c'est beau, une ville qui brûle, la nuit.

Certains Nubiens pensent que, pour arranger les choses, il suffirait de disperser les familles d'origine belge un peu partout, dans tous les quartiers, les enfants d'origine belge dans toutes les écoles, de manière à ce qu'ils se fondent dans la population au lieu de s'entasser dans des ghettos. Ce projet s'est heurté à l'incompréhension et à l'égoïsme de la bourgeoisie nubienne. Celle-ci veut le bien des Belges, à condition qu'on leur fasse du bien à distance. Elle déteste l'idée de ghetto, mais préfère éviter d'avoir une famille belge dans l'appartement du dessus, avec quatre sympathiques garçons pleins de vie. Elle est favorable à la mixité sociale, à condition que ses enfants étudient dans de bonnes classes studieuses et ne se fassent pas racketter à la sortie par leurs petits camarades d'origine belge. C'est pourquoi, au fond, on préfère mettre les Belges ensemble, pour qu'ils se détruisent entre eux, par l'intermédiaire de leurs jeunes. La Nubie est compliquée.

Ce territoire dévasté est en même temps interdit par ceux qui l'ont dévasté à tout ce qui représente la collectivité ou la puissance publique : pas seulement la police, mais aussi tous ceux qui sont chargés d'aider ou de secourir. Médecins ou pompiers sont menacés, attaqués, lapidés. Lorsque les municipalités organisent des activités culturelles, souvent gratuites, représentations théâtrales, concerts de rock, les artistes se font couramment, eux aussi, insulter, agresser ou lapider. À la limite, tout individu étranger à la cité n'est pas le bienvenu. Ainsi, les jeunes prennent symboliquement possession de leur espace. Il faut y voir un premier geste citoyen, et aussi un défi : ce n'est pas la société qui nous exclut, semblent-ils dire à la Nubie, regardez, nous sommes tout à fait capables de nous exclure nous-mêmes. Là encore, il convient de rendre hommage à un tel sens des responsabilités.

Ajoutons-y le sens de la solidarité. Les jeunes, en effet, ne se contentent pas de s'exclure tout seuls, égoïstement. C'est tout un quartier, souvent habité par des travailleurs aux revenus modestes, d'origine belge comme eux, qu'ils excluent avec eux. Ces braves gens peuvent ainsi profiter, eux aussi, du bruit, des immeubles souillés, des voitures incendiées et des grèves de bus après des agressions. Cela leur permet de s'adapter. Ils apprennent à circuler sans argent sur eux, sans sac à main et sans téléphone portable, et surtout à se taire et à baisser la tête. Toute réprimande à un enfant risque en effet d'entraîner des représailles de la part des grands frères et des amis des grands frères, avec passage à tabac éventuel. Aussi laissent-ils les jeunes s'amuser.

Hors de leur territoire, les jeunes envahissent en bandes les gares, les centres commerciaux, les lieux de loisirs. Dans ces endroits gourmés et bourgeois, ils savent introduire le petit grain de fantaisie de l'insulte et de la violence. Ils mettent joyeusement à sac des trains ou des rames de métro de la capitale. Avec un peu de chance, le voyageur pourra assister à une coutume rituelle : il s'agit de tomber en petits groupes sur des passants. Les adolescents des quartiers peuvent ainsi éprouver le plaisir d'exercer leur puissance par le lynchage d'un inconnu.

Cette tradition permet de les différencier des jeunes Nubiens d'origine africaine qui ont, eux, des coutumes toutes différentes. Chaque année, les jeunes gens des lycées et des universités défilent par dizaines de milliers dans les rues de la capitale et des villes principales. Ils psalmodient des formules traditionnelles, poussent des cris, se griment et se déguisent. Il s'agit de processions pacifiques, destinées à attirer sur le jeune certains bienfaits et certaines grâces particulières. Ce rite de passage est censé permettre au jeune Nubien de devenir adulte et d'entrer dans la vie professionnelle.

Depuis quelques années, ces deux rites ont tendance à fusionner. Lorsque vient la saison du défilé des lycées et universités, les *jeunes des quartiers* se préparent, se placent en embuscade sur le parcours. Ils repèrent les éléments isolés, fondent sur eux, frappent. Le sang coule.

Quelques larcins peuvent éventuellement compléter l'acte, mais ils ne sont pas nécessaires. Ce qui importe est que le sacrifice ait lieu, que la victime choisie soit humiliée et rossée. La police nubienne, qui respecte les traditions, laisse le rite se dérouler sans intervenir. Les jeunes disparaissent d'un coup et rejoignent leur banlieue, en formant des vœux pour que la fête ait encore lieu l'année suivante.

Ce déroulement, toutefois, se heurte à l'incompréhension des étudiants et des lycéens, qui ne voient pas pour quelles raisons ils jouent le rôle de victime. En Nubie, lycéens et étudiants sont traditionnellement ouverts aux différences de culture, de religion ou de couleur de peau. Parfois, les invocations qu'ils prononcent dans leurs défilés visent à permettre aux jeunes d'origine belge de conserver certaines de leurs coutumes à l'intérieur des établissements scolaires, par exemple le port des chaussettes de laine pour les jeunes filles. Or voici que des jeunes d'origine belge leur tombent dessus en les traitant de sales nègres, ou de putains de Nubiens, avant de les massacrer. Les lycéens ne savent plus que penser. Que le voyageur ne les plaigne pas : tout cela fait partie des coutumes. Et puis ce sont des fils de bourgeois, il est normal qu'ils s'acquittent de ce tribut rituel.

Autre tradition intéressante. La plupart des pays du monde affichent un certain patriotisme et une certaine fierté nationale, qu'il s'agisse du Mali, des États-Unis, de la Russie, de la Pologne, de la Thaïlande, de la Colombie, de l'Iran ou de l'Égypte. Il n'en va pas ainsi en Nubie. Le drapeau nubien fait sourire. Les

Nubiens, qui jadis ont été très nationalistes, ont appris à considérer avec quelque ironie tous les signes patriotiques. Certains jeunes d'origine belge affichent même un franc mépris pour tout ce qui symbolise la Nubie. Ainsi, lors d'un match amical entre la Nubie et la Belgique, l'hymne national nubien a été hué par des centaines de jeunes Nubiens d'origine belge présents dans les tribunes. Beaucoup de geubs déclarent ainsi franchement qu'ils s'excluent de la Nubie, de ses symboles et de ses lois. Mais le voyageur ne doit pas perdre de vue que, ce faisant, ils ne font que pousser à l'extrême une habitude du pays.

La faute en revient à la société nubienne, qui ne manifeste pas la générosité nécessaire à l'accueil des populations d'origine étrangère, ou qui se montre raciste envers elles. On considère en Nubie que la collectivité est responsable de tout. L'individu nubien est tout entier responsable de ses mérites et de ses vertus. En revanche, c'est la société qui est responsable de ses lacunes, de ses faiblesses, de ses crimes, de ses problèmes de santé, voire de son poids. Il était fatal que le défaut d'intégration soit, lui aussi, imputable aux insuffisances de la Nubie.

Les manifestations de rejet de la Nubie de la part de certains geubs, leur haine des Noirs, des femmes et des Juifs, leur refus d'accepter la laïcité, les règles de comportement à l'école, leur animosité à l'égard de tout ce qui incarne la puissance publique ou l'État : autant de marques d'un amour déçu. C'est parce que la Nubie rejette les geubs que les geubs la rejettent. Par conséquent, se dit-on, il suffirait que la Nubie ouvre grand son sein maternel aux geubs pour qu'ils s'y lovent avec affection.

La Nubie a des traditions intellectuelles. On a pris l'habitude, dans ce pays, de penser que les violences collectives sont provoquées par la pauvreté, sur le modèle du XIXe siècle. C'est une sorte d'automatisme comportemental : il ne peut y avoir de cause aux émeutes, et à la délinquance en général, que la révolte contre une injustice sociale. Or, des sociologues équipés d'un remarquable mauvais esprit ont remarqué que certains pays africains, où les inégalités sociales sont plus criantes qu'en Nubie, ne connaissent pas d'émeutes. En revanche, d'autres, avec un taux de chômage plus faible, sont confrontés à un problème croissant de violences urbaines. Nulle part, ces sociologues n'ont observé de lien entre l'évolution du pouvoir d'achat, du taux de chômage, et les émeutes. Il n'empêche. Les violences urbaines sont le produit de l'injustice sociale, et voilà tout. La preuve, ce sont les jeunes eux-mêmes qui le disent. En Nubie, lorsqu'on dispose d'une bonne explication, qui a fonctionné longtemps, on ne voit pas pourquoi on irait en chercher d'autres.

Lorsque des émeutes dévastent les banlieues, le gouvernement nubien envoie la police rétablir l'ordre. Ensuite, il promet. Il promet des emplois, des formations, des zones franches, des commerces. Promesses rarement tenues. Et c'est dommage. Les chefs d'entreprise, d'ailleurs, font preuve d'une évidente mauvaise volonté. Certains jeunes sont titulaires d'un diplôme et d'une bonne formation (c'était le cas de la jeune Belge qui se trouvait dans le bus récemment attaqué dans le sud du pays. Malheureusement, elle a brûlé). S'il leur arrive de rencontrer plus de difficultés que les jeunes d'origine nubienne, ce diplôme accroît tout de même sérieusement leurs chances de trouver un emploi. Là n'est pas le vrai problème.

Les jeunes qui tiennent les murs, dans les cités nubiennes, se plaignent du manque de travail. S'ils avaient du travail, tout irait mieux. Et, en effet, il y a là, contre les murs des cités, un tel concentré d'énergie, de goût de l'effort, de compétence et de sociabilité qu'on se demande ce que les chefs d'entreprise attendent. Il faut se mettre à la place de l'un de ces jeunes, de ceux qui attaquent les bus et participent aux émeutes, par défaut d'emploi. On comprend son amertume. Depuis longtemps, son plan de carrière était tracé. Mû par le désir de sortir du ghetto, il a mis toutes les chances de son côté. Notamment à l'école. Il y a les laborieux, les fayots. Ce n'est pas son genre. Assiduité, discipline, travail, politesse : autant de choses dont il n'a pas eu besoin. Il a réussi à échouer en s'en passant. C'est un homme libre, il n'accepte aucune autorité et aucune règle. Qu'attendent donc les patrons nubiens pour l'embaucher ? Est-ce un réflexe anti-belge qui pousse les chefs d'entreprise et les patrons de discothèque à rejeter les geubs, ou la crainte de voir se renouveler des problèmes que certains geubs leur ont déjà posés ?

Ces questions, en Nubie, ne sont pas pertinentes. En effet, la Nubie dispose d'une réponse universelle à toutes les questions de ce type. C'est là l'une des grandes inventions nubiennes, une clé d'interprétation que lui envient les autres pays, car elle résout tout avec une facilité extraordinaire. Cette réponse universelle, c'est le racisme. Innombrables sont les manifestations du mal social imputables au racisme.

Le racisme anti-belge

Les Nubiens sont convaincus que leurs concitoyens d'origine belge sont victimes du racisme. Rares sont ceux qui ne partagent pas cette certitude. Elle plonge ses racines dans le passé de la Nubie. Autrefois, les penseurs nubiens ont élaboré des théories visant à établir l'inégalité des races. Les Nubiens ont persécuté, massacré, exploité Belges, Hollandais et autres Bavarois, les ont réduits en servitude, convaincus d'être en droit de régner sur ces inférieurs. Depuis, le racisme est devenu le grand démon de la société nubienne. On ne cesse de l'invoquer, on le voit partout, on le conjure. Des processions rituelles visent à l'expulser de Nubie. Les professeurs ont la charge de mettre en garde les enfants contre ses méfaits.

Toute une caste de clercs a pour principale occupation de surveiller toutes ses manifestations, et de l'exorciser au besoin. La conjuration du racisme leur sert de pensée. Chaque fois qu'ils prononcent le mot terrible, c'est-à-dire très souvent, ils s'assurent de leur courage, de leur lucidité, de leur engagement. Chaque fois qu'ils le formulent, ils ont pensé.

Le démon racisme est partout, il est responsable de tout, il pénètre presque tous les esprits. Pourquoi les geubs n'ont-ils pas de travail ? Racisme. Pourquoi sont-ils si nombreux en prison ? Racisme. Beaucoup moins nombreux à l'université ? Racisme. On critique le catholicisme ? Racisme. On se demande si peut-être il n'y a pas excès d'immigration en Nubie ? Racisme. On refuse de régulariser les dizaines de milliers d'immigrants clandestins suédois, écossais ou bavarois ? Racisme. On décerne, à l'école, une mauvaise note à un Belge ? On lui fait une remontrance ? Racisme. On critique un Belge ? Racisme. On prononce le mot *belge* ? Racisme. « Racisme » fait le fond de la pensée sociale en Nubie. Grâce au racisme, la Nubie est transparente à elle-même. Grâce au racisme, elle mesure sa capacité d'autocritique.

En outre, les séances d'autoflagellation sont devenues courantes en Nubie. On se fouette rituellement dans les écoles et dans les rues, on se livre à des démonstrations de repentance afin de racheter les crimes des ancêtres, on s'accuse publiquement de toutes sortes de péchés, on se déclare possédé par le racisme.

Rares sont les impies qui ne croient pas à une telle emprise du racisme sur la société nubienne. Ils insinuent que la présence d'un très grand nombre de Belges en Nubie, que leur quasi-omniprésence dans certains quartiers de la capitale et des grandes villes, suscite en réalité fort peu de réactions de rejet, d'insultes ou d'agression. Que la chasse au Belge, qui se pratiquait autrefois, est devenue rarissime. Que les écoles nubiennes rassemblent des enfants de toutes origines. Que la jeunesse s'est mobilisée naguère dans une campagne antiraciste intitulée « touche pas à mon Belge ». Que l'équipe nationale de hockey sur glace, qui suscite la fierté et l'enthousiasme du peuple nubien, est composée en grande majorité de grands blonds. Que, si en effet l'on rend encore un culte au racisme dans de petites sectes qui l'invoquent parfois à grand bruit sur le bord des terrains de hockey, on voit, en Nubie, infiniment plus de cérémonies destinées à conjurer le racisme que l'inverse. Qu'il est même presque étonnant, avec tous les attentats, menaces d'attentats, enlèvements que la Nubie a récemment subis de la part d'extrémistes catholiques, avec la recrudescence de la violence dans les banlieues peuplées de catholiques, qu'aucun mouvement violent de rejet du christianisme et des Belges ne se soit produit dans le pays. Bien au contraire, les grandes mobilisations populaires ont toujours eu lieu contre l'extrême droite, et, récemment, le président de la république nubienne a été élu avec plus de 80 % des suffrages, pour faire barrage à un candidat xénophobe.

Il est aisé de leur rétorquer que les manifestations contre le racisme prouvent bien son omniprésence, que le chômage, les discriminations à l'embauche et au logement suffisent largement à établir l'existence du racisme, et cela clôt en général la discussion. On peut d'ailleurs se demander si la négation du racisme ne procède pas d'un racisme larvé.

L'antisémitisme des Belges

En même temps, et ces contrastes font tout le charme de la Nubie, dans certains établissements scolaires, il est devenu impossible de parler de l'extermination des Juifs : les enfants en nient la réalité, ou regrettent qu'elle n'ait pas été plus complète. Les professeurs dont le nom a une consonance juive ne peuvent plus assurer leurs cours. Les élèves juifs sont persécutés et frappés, jusqu'à ce qu'ils se décident à fuir l'établissement. Les écoles juives et les synagogues sont attaquées, on tente de les incendier.

Lorsqu'un voyageur étranger apprend de tels faits, il a l'impression que les Nubiens ont régressé aux années trente, à l'époque où l'antisémitisme était monnaie courante dans la population nubienne, où des partis politiques s'en réclamaient, où des groupuscules de Nubiens nationalistes s'attaquaient aux Juifs. Le Nubien d'aujourd'hui, lui-même, se convainc que l'antisémitisme est encore pratiqué surtout par des Noirs, par des Nubiens de souche. Il refuse d'admettre l'évidence qui contredit tout ce à quoi il était habitué : l'antisémitisme actif, virulent, vient des jeunes d'origine belge.

Aujourd'hui, en Nubie, un comique troupier belge peut caricaturer les Juifs en hitlériens et les accuser d'être responsables de l'esclavage. Aujourd'hui, en Nubie, des commandos de grands blonds aux yeux bleus peuvent surgir dans le quartier juif de Méroé en criant des injures antisémites, comme aux temps des saccages de magasins juifs par les SA à Berlin ou à Hambourg. Aujourd'hui, en Nubie, des jeunes d'origine belge pourchassent dans les écoles les enfants juifs et les professeurs juifs. Aujourd'hui, en Nubie, un petit groupe de geubs, convaincus que tous les Juifs sont riches, peut enlever un jeune homme juif, le séquestrer et le torturer à mort.

Peut-on qualifier de tels actes d'antisémites ? Les Nubiens ne s'y décident pas. Ils voient le racisme partout, mais pas là. Les Belges, dans leur histoire, ont beaucoup souffert à cause des Juifs. Les joailliers juifs d'Anvers ont durement exploité les tailleurs de diamant belges. Il est normal que les jeunes s'identifient à la Belgique. Mais lorsqu'ils insultent ou persécutent des Juifs, il serait excessif d'y voir du racisme. Les jeunes ont des mots à eux, qu'ils se lancent sans réfléchir. Rien de bien grave. C'est tout ce qu'on veut, sauf du racisme. De la spontanéité, de la révolte, un certain manque de réflexion. Un procureur a même avancé l'idée qu'il ne s'agissait peut-être que de bêtise. Qu'il faille être intelligent pour être antisémite est une idée neuve en Nubie. En revanche, si ceux qui ont torturé le jeune Juif avaient été noirs et nubiens de souche, et même s'ils avaient été complètement idiots, il est bien évident que l'antisémitisme, alors, eût été avéré.

En réalité, tout cela est de la faute d'Israël. Un pays où les Belges sont maltraités. Bien sûr, les jeunes ne savent pas réellement où se trouve Israël, ni dans quelle mesure les Belges y sont plus maltraités que dans les pays voisins. Bien sûr, des centaines de milliers de personnes sont exterminées au Darfour, au Tibet, en Irak, en Afghanistan, au Rwanda, au Congo, en Tchétchénie, en Somalie sans que les jeunes trouvent cela particulièrement révoltant. Mais le peuple juif leur a permis d'identifier un responsable de leurs problèmes, et de les placer sur le plan ethnique. C'est humain. On ne voit pas le rapport avec les processus habituels de l'antisémitisme.

Le catholicisme et les jeunes Belges

Les Nubiens ont l'habitude, depuis longtemps, de rire de Dieu. Cela fait partie de leur manière d'envisager la religion. La Nubie était jadis une société théocratique. On y torturait et on y tuait au nom de Dieu. Au prix de très longs et de très durs combats, de beaucoup de courage, les Nubiens se sont débarrassés de l'emprise de la religion. Chacun est, chez eux, libre de pratiquer un culte, quel qu'il soit, ou aucun culte. Il est permis, et même habituel, de se moquer des imams, de s'amuser aux dépens des grenouilles de mosquée voilées de noir de la tête aux pieds, de railler la bigoterie de quelques barbus fanatiques. Les journaux satiriques abondent en caricatures d'Allah ou du prophète Mahomet. Mais est-ce une raison pour vouloir à tout prix que les autres en fassent autant ? L'arrogance de la Nubie, son impérialisme culturel vont jusqu'à vouloir imposer la liberté, les droits de l'homme et la laïcité. Mais si les autres désirent la tyrannie et l'intolérance, on ne voit pas de quel droit on les en priverait.

Comme le voyageur pourra le constater, cette arrogance laïque se manifeste sur toutes sortes de points. Alors que, dans nombre de pays européens, les mosquées sont interdites, les Nubiens imposent sans sourciller leurs valeurs de tolérance en autorisant les églises. Alors qu'à Paris ou Londres le prosélytisme musulman est considéré comme une offense ou un crime, et la conversion d'un chrétien à l'islam passible de la peine de mort, le prosélytisme chrétien fait partie des devoirs de cette religion, et est pratiqué sans complexe dans les banlieues de Méroé. En Italie ou en Espagne, on décapite les homosexuels à la hache, on lapide les femmes soupçonnées d'infidélité. Ce sont des traditions pittoresques. En revanche, lorsqu'un prêtre catholique fanatique est expulsé de Nubie pour avoir appelé à de nouvelles croisades, il a raison de protester contre cette inqualifiable atteinte aux droits de l'homme.

Les Nubiens d'origine belge sont en majorité des catholiques pratiquants. Paradoxalement, si Mahomet est devenu un sujet comique, il est en revanche impossible, en Nubie, d'ironiser aux dépens de Jésus-Christ, de la Vierge Marie ou des saints. Le fait est d'ailleurs extrêmement rare. Dès qu'il se produit, le blasphémateur est immanquablement accusé de racisme, de belgophobie, et toutes sortes d'associations lui font un procès. Les catholiques sont d'une susceptibilité toute particulière, qu'il faut savoir ménager. S'ils estiment devoir menacer de mort un Nubien qui s'est risqué à critiquer leur religion, il faut comprendre que cela fait partie de leur culture, et que cela procède d'une sensibilité très fine. Ceux qui ne sont pas prêts à l'admettre sont-ils autre chose que des racistes ?

Si une œuvre littéraire ou musicale, même très ancienne, contient des allusions désobligeantes au christianisme, on la fait interdire. Si le Grand Mufti de Berbera explique que, selon les docteurs du Coran, le christianisme est une religion violente et que la Bible est remplie de massacres au nom de Yahvé, les chrétiens, pour bien lui montrer qu'il a tort, menacent les musulmans d'un carnage général. D'ailleurs, toute personne qui critique la Bible, se moque du Christ ou dénigre le catholicisme est immédiatement menacée de mort. Un professeur de philosophie discute la religion chrétienne, on lui promet de le faire passer de vie à trépas. On lapide dans les écoles des jeunes filles qui mangent de la viande pendant le carême. On frappe des gynécologues masculins qui examinent des femmes catholiques (le côté amusant de la chose est accentué par le fait que, dans les pays très catholiques, comme l'Espagne ou l'Italie, seuls les hommes ont le droit de devenir médecins, et personne ne s'en offusque).

Mais tout cela est bien normal. Les catholiques défendent comme ils peuvent leur culture. Et d'ailleurs, comme le disent les évêques de Nubie, c'est marginal, il ne faudrait pas en profiter pour *stigmatiser* toute une population.

C'est dans une telle atmosphère que les jeunes ont à se situer religieusement. Les jeunes ne pratiquent pas tous le catholicisme, mais un grand nombre est imprégné des valeurs de cette religion. Plongés dans une société de culture musulmane, mais profondément désislamisée, beaucoup d'entre eux, depuis quelques années, reviennent aux traditions catholiques. C'est une manière pour eux de se revendiquer une identité. De plus en plus, ils se définissent comme catholiques, et beaucoup n'hésitent pas à afficher leur mépris des Nubiens, qu'ils traitent volontiers de « sales mangeurs de moutons », sachant l'importance de cet animal dans les rites musulmans.

Certes, chacun est libre de sa religion en Nubie. Fonctionnaires, enseignants, écoliers sont simplement tenus de respecter une certaine neutralité. Les convictions religieuses ne peuvent pas s'afficher à l'école. Beaucoup de geubs n'acceptent pas cet impérialisme laïque, qu'ils considèrent comme une version du racisme. Ils refusent d'écouter les cours en contradiction avec la Bible. Dieu, selon leur livre sacré, a créé en sept jours le ciel et la terre, et l'humanité sort d'Adam et Ève. Pas question pour eux d'entendre parler d'ères géologiques et d'évolution des espèces. Ils portent ostensiblement une croix pectorale, et ne veulent pas que leurs sœurs se rendent au cours de natation, ce qui les obligerait à enlever leurs chaussettes noires. Certains professeurs ont fini par accepter à la piscine des jeunes filles catholiques qui exigeaient de porter une combinaison d'homme-grenouille, et des palmes, afin qu'on n'aperçoive pas leurs chevilles.

Un moniteur de Dongola a, en revanche, refusé de donner accès à son cours à des jeunes filles qui se sont présentées en tenue de scaphandrier. L'affaire a provoqué un tollé. Des manifestations ont eu lieu dans divers pays catholiques, en Italie, en Espagne, en Pologne, au Brésil. On y a stigmatisé (sans hésitation) l'intolérance de la Nubie et le manque de liberté des catholiques dans ce pays.

Beaucoup de geubs tombent sous l'influence de prêtres catholiques traditionalistes. Certains même fréquentent les églises aux mains des disciples de Mgr Lefebvre. On y voue aux gémonies l'Afrique dégénérée. On y prêche de nouvelles croisades contre les païens et les musulmans impies. Quelques jeunes gens qui les ont écoutés sont partis clandestinement en Iran, au Pakistan, fomenter des attentats pour y défendre les chrétiens persécutés. Inversement, il arrive parfois que des catholiques fanatiques venus d'Espagne, d'Italie, des Flandres, s'introduisent clandestinement en Nubie, ou dans d'autres pays africains, afin d'y perpétrer des attentats. Ils font sauter des trains, des métros, des gares.

Le catholicisme pratiqué par beaucoup des jeunes qui reviennent à la religion est généralement d'autant plus rigoriste qu'ils se montraient jusqu'alors rebelles à la loi nubienne. On voit d'ex-voyous, devenus dévots, se vouer surtout, en guise de foi, à la stricte observance d'un certain nombre d'interdits ou de prescriptions rituelles : les jeûnes de carême et du vendredi, les messes et les oraisons à heures fixes, la longueur et l'opacité des chaussettes des femmes, l'obligation pour elles de porter des jupes plissées et des lodens, etc.

Pour la plupart des observateurs nubiens, c'est un changement radical : ces jeunes convertis ont troqué des désirs matérialistes, qu'ils s'appliquaient à assouvir illégalement, contre des idéaux religieux. Si certains Nubiens s'inquiètent de cette montée du christianisme le plus rigoriste, d'autres espèrent qu'elle contribuera à l'intégration sociale des délinquants.

Selon une mission anthropologique malienne, qui a étudié les mœurs des Nubiens de banlieue, en réalité, c'est la même chose. Le jeune geub change simplement de fétichisme. À l'état de voyou, le geub fétichise un certain nombre de biens de consommation : vêtements de marque, voitures, bijoux, téléphones portables, femmes. Car les femmes font partie des biens de consommation. Une femme est faite pour être montrée, en tant que signe extérieur de richesse, et consommée. Elle doit elle-même être pourvue d'un certain nombre d'accessoires obligatoires. La fétichisation permet de faire l'économie de tout investissement émotionnel. Ainsi s'opère la synthèse parfaite de la société patriarcale dont hérite le jeune geub, et de la société libérale au sein de laquelle il naît : la possession de la femme tient à la fois de l'acte de consommation, du statut social et de l'idéal religieux.

Le fétichisme a quelque chose d'infantile. Pour se rassurer, on se fixe sur des objets. La voiture, la bourrée à fond et la chaîne en argent remplacent le ventre de maman, le battement du cœur de maman, la tétine. L'amour devient une affaire de technique, d'accessoires et de comptabilité. La religion devient une affaire de longueur de vêtements, d'aliments, d'horaires et de colifichets. Amour et religion prennent l'allure de questions de comptables et de petits fonctionnaires tatillons. Surtout, rien de personnel.

Comme dans la plupart des pays d'Afrique, le noyau familial traditionnel et la sexualité connaissent des changements profonds. Certains prêcheurs catholiques intégristes, voyant leurs ouailles plongées dans cet océan de turpitudes, cherchent à préserver la vertu des jeunes Belges. On peut les comprendre. C'est pourquoi ils se montrent intraitables avec le péché mortel de luxure. Dans le cas de l'homme infidèle, ils n'y vont pas de main morte : ils exigent une confession en bonne et due forme, et en pénitence, au moins trois *pater* et deux *ave*. Pour la femme, ils se contentent d'une bonne crémation, seule manière de la purifier de la souillure. Dans le passé héroïque de la Belgique, on brûlait les sorcières. C'est donc en partie par dévotion que les jeunes belges brûlent les jeunes filles qui leur ont cédé. C'est par un zèle religieux bien compréhensible, c'est, pour tout dire, pour renouer avec leurs racines que d'autres jeunes jettent des pierres à une collégienne qui n'a pas respecté le carême. Elles se sont, objectivement, mises en état de péché.

Le gouvernement nubien laisse prêcher les prêtres catholiques. On ne doit pas restreindre la liberté d'expression. Toutefois, certains prêtres catholiques se plaignent de ce que leur communauté d'origine ne peut vivre pleinement sa religion en Nubie. Ils voient là une forme de racisme et de néocolonialisme. Au nom de quoi la Nubie imposerait-elle à tous ses valeurs humanistes, ses droits de l'homme, son égalité entre hommes et femmes ? Au moins, dans un pays bien catholique comme l'Irlande, on peut brûler une jeune fille parce qu'elle a été violée. Au moins, dans un pays bien catholique comme la Pologne, on peut réduire en cendres, en public, une adolescente qui avait la mauvaise habitude de traîner tard le soir dans les rues de Varsovie.

Les territoires invisibles

L'une des particularités les plus remarquables de Nubie, ce sont les territoires invisibles. Le voyageur, qui emprunte en général les parcours destinés au touriste, ne prend pas conscience de leur existence. La plupart des Nubiens, en revanche, en ont une connaissance quasi instinctive. Ils sentent qu'ils en approchent, ils savent, lorsqu'ils y pénètrent, qu'ils ont franchi une frontière. Celle-ci n'apparaît sur aucune carte. Ces territoires invisibles n'ont pas d'existence géographique ni légale. Ils se différencient du reste du territoire nubien par certains détails que les Nubiens savent reconnaître. Ils n'ignorent pas que les lois de leur pays ne s'appliquent plus tout à fait dans les territoires invisibles.

D'où leur pittoresque, et le grand intérêt qu'ils présentent pour le voyageur désirant sortir des sentiers battus.

Il y croise des femmes en tenue catholique traditionnelle : fichus, loden bleu marine, longues jupes plissées bleu marine, grandes chaussettes noires. Elles baissent la tête et détournent le regard, comme dans les temps archaïques. C'est très pittoresque. Attention toutefois à ne pas prendre de photographies trop ostensiblement.

Le voyageur rencontre aussi, plus nombreux qu'ailleurs, de grands blonds portant les sabots et le pantalon bouffant des anciens Flamands. La plupart arborent de grands crucifix à la poitrine. Si le visiteur est une femme, et surtout si elle ne porte pas de grandes chaussettes noires, des regards haineux la suivent. On la dévisage, parfois on l'apostrophe, ou bien on tente d'obtenir ses faveurs. Si elle refuse, on l'insulte, on la menace. La voyageuse devra donc de préférence s'équiper de grandes chaussettes et de jupes plissées.

Les catholiques intégristes accordent en effet la plus grande importance à certains détails vestimentaires. Ils sont convaincus que, si une femme ne porte pas de grandes chaussettes noires, c'est le signe qu'elle est une créature de mauvaise vie, sans honneur ni pudeur. Pour eux, la plupart des Nubiennes, qui montrent volontiers leurs chevilles nues, sont destinées par cela même à l'enfer. En outre, la cheville des femmes a pour propriété d'affoler immanquablement les mâles, incapables de se contrôler devant une belle malléole pulpeuse.

Comme au XIXe siècle, les femmes qui sont soumises à la loi des territoires invisibles n'ont le choix qu'entre deux statuts, maman ou putain. Soit elles portent les chaussettes noires, s'enferment à la maison, baissent les yeux, font des enfants, et elles seront respectées, comme des êtres inférieurs qui savent rester à leur place. Soit elles choisissent des chaussettes un peu trop transparentes, ne restent pas à la maison, refusent le mari qu'on leur choisit. Dans ce cas, elles sont des putains, et tout homme peut légitimement s'en servir comme il l'entend, les frapper, les insulter et les violer.

Certains jeunes se chargent de faire régner cette loi patriarcale. Ils rabrouent leur propre mère lorsque ses chaussettes ne sont pas assez montantes, surveillent leurs sœurs, les empêchent de parler à des inconnus. Une jeune fille qui vit des amours hors de la permission de la famille déshonore celle-ci. Car, dans les territoires invisibles, l'honneur d'un homme réside dans le sexe des femmes qui lui appartiennent. Dans des cas extrêmes, on a vu des familles battre, voire tuer la femme qui les avait déshonorées. Tout récemment, une jeune fille a été battue et tondue parce qu'elle fréquentait un homme qui n'était ni chrétien ni d'origine belge. Au fond, rien d'anormal : c'était une collabo.

La Grande Maman

La mission malienne a récemment élaboré une théorie anthropologique de la question sexuelle dans les territoires invisibles. Selon cette théorie, c'est le sexe qui dessine en profondeur les frontières des territoires.

À l'origine, il y a la maman. La maman engendre le garçon. Accessoirement, elle donne aussi naissance à une fille, mais ça ne compte pas. En dépit de cette fonction essentiellement génératrice, la maman n'a pas de sexe. Elle est sacrée. L'horreur absolue serait de *niquer sa mère*. Le caractère obsédant de l'expression, chez les jeunes, désigne à la fois la puissance de l'interdit et le trouble qui s'attache à cette idée. Curieusement, la psychanalyse est un art peu répandu dans les banlieues nubiennes. Elle y trouverait des cas d'école, comme il y en avait encore beaucoup au XIXe siècle, mais qui tendent à se raréfier avec la modernisation des sociétés. De ce point de vue, les banlieues nubiennes représentent un intéressant conservatoire de mœurs et représentations sexuelles quasi disparues ailleurs. Il serait dommage de laisser perdre.

La maman a pour fonction d'introniser la royauté du garçon, et de s'extasier sur tout ce qui sort de lui. Le jeune n'a qu'à paraître devant sa mère pour être intéressant, et justifié. C'est pour cela que la mère doit être pure, comme un miroir doit être impeccable.

Assez rapidement, le garçon prendra le pouvoir dans la famille, d'autant plus vite si le père est absent, chômeur, alcoolique, dépassé par un monde qu'il comprend mal. Le roi exerce sa tyrannie sur ses sœurs, voire sur sa mère, perdue d'admiration pour le petit mâle. Tout ce que le petit dieu mâle sort de lui étant admirable, il n'a de cesse qu'il ne se fasse admirer. Le monde a les yeux sur lui. Le monde est sa cour et sa scène. Qu'importe ce qu'il donne, ce sera toujours assez bon. D'ailleurs il n'existe pas réellement de monde extérieur. Dehors, le petit dieu mâle est toujours à l'intérieur, chez lui, dans le sein de maman. Le petit dieu fait le malin, il parle, il roule des mécaniques, il faut qu'on sache qu'il est là. On ne vole et on ne détruit pas seulement parce qu'on n'est pas content. Il s'agit aussi de se rendre intéressant. Il faut être dur, viril. Un homme, un vrai, sous le regard perpétuel de la Grande Maman.

Petit, comme tous les enfants, il a donné à admirer son caca. Plus grand, pressé de se voir reconnaître, il propose à l'admiration du monde diverses formes plus ou moins élaborées du même caca originel : le crachat par terre, les boîtes de Coca et de pizza abandonnées dans la rue, les paroles hurlées (de préférence dans le téléphone ombilical qui le relie en permanence avec la substance nourricière), l'obscénité toujours à la bouche, la provocation permanente, le coup de poing dans la gueule, la bourrée à fond. Quant à la semence du dieu, il n'est de réceptacle qui ne doive être reconnaissant de la recevoir. Comment admettre qu'un réceptacle quelconque manifeste la moindre réserve devant la précieuse manne ?

Bonnes sœurs, putains et paquets

La maman, par la maternité, n'est plus tout à fait une femme. Restent les autres, toutes les femmes qui ne sont pas la maman. La femme se compose de différentes parties articulées entre elles. La femme, notamment, a des chevilles et des mollets. C'est déjà abusif. En outre, elle a des seins. C'est exagéré. On dit même qu'elle a un sexe, des fesses, et toutes sortes d'autres attributs que l'on peut plus ou moins clairement se représenter. C'est intolérable.

Dans leur environnement immédiat, les jeunes exigent des femmes très habillées. On ne doit apercevoir que d'infimes parties de leur corps. En revanche, ils se passent maints films mettant en scène des femmes extrêmement nues, des films où l'on peut voir les chevilles des femmes, ainsi que d'autres parties de leur anatomie, et même des films où les femmes font des choses incroyables avec leurs chevilles.

Le jeune désire la femme. Mais le catholicisme lui dit que c'est péché. Que la femme, avec ses chevilles et tout ce qu'il y a autour, possède tout le matériel pour détourner un homme du droit chemin. Même s'il n'est pas croyant, il lui en reste quelque chose. Sa culture baigne dans la Bible, les Évangiles, les Pères de l'Église, les propos du curé. Les mères, les grands-mères, les tantes, les pères transmettent une certaine représentation de la femme, de son rôle, de sa fonction.

Les films pornographiques et la culture catholique unissent leurs efforts. Le jeune se les figure opposés. En réalité ce sont les deux faces de la même médaille. Pornographie et religion le convainquent que la femme est avant tout une denrée corporelle inflammable. Quelque chose d'un peu gluant, d'un peu dégoûtant, et de très désirable.

Pour un observateur superficiel, qui serait porté à la caricature, les banlieues sensibles nubiennes sont peuplées de deux principales espèces féminines : jupe plissée et loden bleu marine (modèle foyer catholique); jean serré et string qui dépasse (modèle film porno-clip vidéo). Bonne sœur ou putain (*plode* en nubien des banlieues), fille soumise ou fille à prendre, dans tous les cas, un bien de consommation masculin.

L'asservissement dans lequel certains Belges tiennent les femmes crée l'obsession qui les travaille : plus ils mettent d'interdits à leurs désirs sexuels, plus ce désir les obsède. Cette contradiction taraude le jeune. C'est sa plaie. Il l'oublie dans la violence, il se protège par des codes d'honneur. L'être à qui il fait assumer toute la peur du sexe restera à l'abri des regards, des mots, hors du monde réel, autant que possible sans corps, c'est-à-dire masquée, enveloppée, transformée en sac. La femme est un sac à impuretés qu'on rend pure en l'excluant du monde, en faisant en sorte qu'elle n'existe pas pour l'autre.

Attiré par ces créatures qu'il faut d'autant plus cacher qu'elles sont un corps à prendre, le jeune se sent captivé par quelque chose de sale. Il en veut donc à ce qui l'attire. Comment justifier tant de seins, tant de cuisses, tant de chevilles ? La femme est coupable du désir qu'elle engendre. Qu'elle le fasse exprès ou non. D'ailleurs, même quand elle ne le fait pas exprès, elle le fait exprès. Il est donc parfaitement compréhensible que le jeune trouve juste de punir la femme du désir qu'elle a provoqué en lui. Ce n'est que parce qu'il se sent sali par la femme que le jeune lui casse la figure après l'avoir violée. (D'une manière générale, une victime, dans son sale état de victime, ne fait honneur ni à son bourreau ni à l'humanité. Pour la punir d'être aussi dégradée, il est bien nécessaire de l'esquinter un peu plus.)

À moins, bien sûr, que la femme ne porte des jupes plissées et des grandes chaussettes. Alors, elle manifeste qu'elle accepte humblement l'impureté de son corps. En se déguisant en bonne sœur, elle montre qu'elle désire échapper à la putasserie qui fait le fond de toute créature féminine. Elle devient une maman potentielle. Elle est sauvée de la souillure dès lors qu'elle accepte d'être la propriété d'un homme, à qui elle fera des enfants. Elle deviendra ensuite la propriété de ses enfants, qui l'entoureront de respect et la sacraliseront parce qu'elle a su se cantonner au rôle de propriété. Si elle engendre des individus pourvus de testicules, elle n'en sera que plus respectable. Dans la représentation que s'en font les jeunes, la femme n'est respectable que dans la mesure où elle se nie : elle n'a pas de désir, elle sert l'homme, elle fait de l'homme. Toute femme qui ne se nie pas assez n'est pas une femme bonne. Il n'est rien, dès lors, qu'elle ne puisse subir.

Le sexe couramment pratiqué par les jeunes est une punition du sexe, exercée sur la femme qui a suscité le sexe. Il est constitué de violence et d'humiliation. La séduction consiste d'abord à s'imposer à la femme, à lui faire sentir son infériorité. En réalité, il ne s'agit pas de séduction. Cela ressemble plutôt à une moquerie. Le désir mâle est souverain. Le jeune vérifie que, devant la manifestation de son désir, la femme baisse bien la tête, honteuse d'être elle-même, encombrée de son corps, déjà soumise. Le mâle prend ensuite la femme. Il n'est vraiment nécessaire de la frapper que si elle résiste, ou si le mâle se sent trop sale, ensuite, d'avoir cédé à l'attrait dégoûtant de la femme. Dans un troisième temps, le plus important, le jeune mâle se vante de sa prouesse virile auprès de ses camarades. Car l'essentiel est là : dans la conquête de la femme, celle-ci n'a pour fonction que de permettre au petit mâle de vérifier qu'il est un mâle. La sexualité a la même fonction que les violences urbaines. C'est pourquoi la sexualité ne peut pas être autre chose qu'une violence, et c'est pourquoi la violence, réciproquement, s'exprime en termes de sexualité. Le sexe est un acte de domination comme un autre. Il est même un acte d'anéantissement. La possession de la femme vise à la détruire, à éradiquer tout ce qui en elle est femme.

Les Nubiens auraient mauvaise grâce à reprocher

aux Belges cette conception un peu rustique des relations amoureuses, puisque eux-mêmes l'ont naguère abondamment pratiquée. Certes, sur ce point, la société nubienne avait beaucoup évolué, et s'approchait d'une égalité entre hommes et femmes. Jusqu'à ces dernières années, une jeune femme pouvait encore, dans les grandes villes, n'avoir pas connu l'agression verbale, le harcèlement ou l'irrespect des hommes. Il s'agissait d'une sorte de privilège de la Nubie. Fort heureusement, depuis quelques années, les jeunes ont mis bon ordre à tout cela. Désormais, la femme nubienne est comme les autres : à nouveau harcelée, agressée, insultée.

Il faut respecter les différences et les cultures. Après tout, si les femmes belges désirent être soumises, et n'avoir pas d'autre choix qu'entre la maman et la putain, c'est leur droit. C'est leur liberté. Et si par hasard la femme se montre rétive à assumer sa liberté, on peut toujours lui apprendre à être libre en lui cassant la figure.

Certains s'appuient, en Nubie, sur quelques excès regrettables de liberté pour en conclure que l'on force la plupart des femmes d'origine belge à porter la jupe plissée et les grandes chaussettes noires. C'est une grossière erreur. La servitude peut parfaitement être volontaire. Chez les catholiques comme ailleurs, la femme est le premier agent d'asservissement des femmes. Car, en l'absence de révolte, la souffrance et l'humiliation ne sont tolérables que si elles sont justifiées dans la tradition et transmises comme telles.

Des millions de gens, dans l'histoire, ont choisi la servitude plutôt que la liberté, la tyrannie plutôt que la démocratie. C'était leur droit. Pourquoi la femme belge n'aurait-elle pas ce droit ? En outre, beaucoup d'entre elles font du zèle. Elles en rajoutent sur le bleu marine, l'épaisseur des chaussettes et la longueur de la jupe plissée. Elles les revendiquent fièrement, comme des marques de leur identité culturelle. On ne voit pas au nom de quel impérialisme culturel les Nubiens leur refuseraient le droit à l'esclavage. Certains intellectuels nubiens songeraient même, dit-on, à faire modifier la Déclaration universelle des droits de l'homme en ces termes : « Chacun est libre d'être soumis et humilié si tel est son désir ou si sa culture l'exige. »

D'ailleurs, dans les banlieues nubiennes, la femme n'en est pas réduite, contrairement aux caricatures, à l'alternative entre la maman et la putain, la jupe plissée comme à la maison ou la minijupe et le string comme à la télé. Il existe une troisième espèce, peut-être la plus répandue, et qui résiste aux représentations stéréotypées. La femme en survet-basket, comme les hommes. La femme virile, la puissante maritorne qui jure et crache par terre, qui fume et éructe « ta mère la plode », voire qui fait le coup de poing à l'occasion. Ces jeunes femmes ont trouvé la solution pour ne pas être sans cesse harcelées, agressées, considérées comme de la denrée sexuelle. Elles ont compris qu'il s'agissait de nier la femme. Pour être enfin tranquilles, ne plus ressembler à des femmes. Incarner le remède au désir. Il faut tout de même se mettre à la place du pauvre jeune : ne rêvant que string qui dépasse et chevilles au vent, il est entouré, pour l'essentiel, de bonnes sœurs couvertes des orteils aux sourcils, de paquets informes, ou de viragos. Et c'est lui, malheureusement, qui les a fabriquées. On comprend qu'il souffre.

Toutes les femmes d'origine nubienne sont à ranger dans la catégorie putain. La femme d'origine belge peut appartenir aux trois catégories, bonne sœur, putain ou virago. Dans le cas où elle est putain (pas assez couverte, traînant seule), elle ajoute, à son indignité, la trahison. La putasserie, la liberté de la femme, en effet, est une invention de la décadence africaine et moyen-orientale. La femme belge qui ne se couvre pas et se promène seule le soir insulte sa culture.

Certains jeunes entreprennent d'appliquer ces mœurs hors des territoires invisibles. Ils ont du mal à admettre qu'une femme ne se soumette pas à leur pouvoir, puisque telle est la loi coutumière des territoires. Si, dans les autobus qu'ils empruntent lorsqu'ils ne les caillassent pas ou ne les brûlent pas, c'est une femme qui est au volant, elle est à peu près sûre de profiter de leurs injures, injures tout court ou injures sexistes, et de se voir invitée à retourner à ses fourneaux et à son ménage.

Chacun devrait éprouver de la compassion devant des êtres à l'esprit tellement tordu par des conceptions religieuses étroites que, condamnés à haïr ce qu'ils désirent et à désirer ce qu'ils haïssent, ils risquent de ne jamais savoir ce que c'est qu'aimer et être aimé par un autre au plein sens du terme, c'est-à-dire par un être libre. Au lieu de cela, on les chicane pour de malheureuses paires de chaussettes.

La nouvelle barbarie

L'unification de la Nubie a été réalisée difficilement, et tardivement. La modernisation s'est faite au prix de la disparition de la vieille société patriarcale et religieuse traditionnelle.

Le jeune Belge de Nubie se trouve pris entre deux cultures : la culture moderne, individualiste, consumériste, libérale, permissive, diffusée par les médias. La culture belge traditionnelle, transmise par la famille. Il n'a pas une instruction suffisante pour prendre ses distances avec l'une comme avec l'autre. La culture moderne lui donne des besoins, notamment un besoin d'identité individuelle. La culture traditionnelle lui fournit des moyens limités d'identification, pour tenter de résister à ce que la culture moderne a d'agressif.

Le jeune s'identifie par un processus d'exclusion, en cercles concentriques : la famille, la bande, le quartier, la religion et l'origine ethnique. Chacun de ces cercles constitue une manière de tenir à distance les germes destructeurs du monde extérieur. La modernité a appris au jeune qu'il fallait être soi. La tradition ne lui donne pas assez de moyens pour l'être. Il lui reste à se défendre en s'enfermant. Ses Moi ne seront pas en lui, mais hors de lui.

L'un de ces cercles protecteurs est la bande de jeunes. La bande de jeunes est une tribu paléolithique travaillée par la modernité. La modernité, qui a détruit la société traditionnelle, fait que la tribu n'a pas d'autre valeur que la tribu, et existe pour elle-même. En dehors de la tribu, il n'y a guère que des proies. Dans la tribu règne la compétition des mâles. On doit prouver sa virilité. Cela exige une agressivité dirigée à la fois contre l'extérieur et à l'intérieur de la tribu. Contre l'extérieur, par une violence active. À l'intérieur, par une violence symbolique. Celle-ci se manifeste par une permanente comédie de combat, qui peut prendre toutes sortes de modes, de la grossièreté à l'ironie. Monde épuisant, dans lequel on n'existe que sous le regard permanent des autres membres de la tribu, et qui exige de se confondre le plus possible avec une image de virilité rudimentaire. Aucune échappatoire et aucune indépendance ne sont admises. La vie tribale se substitue entièrement à l'éducation que les jeunes n'ont pas reçue. La compétition par la violence, en l'absence de toute autre valeur, et de toute limite, peut aller très loin.

Dans ce système social, la république, la démocratie et la loi ne comptent pour rien. La bande et la famille sont au-dessus de la loi. La « race », ou ce qui est supposé tel, est au-dessus de la loi. On entend parfois dire, en Nubie, que la loi serait mieux respectée si elle était incarnée par des représentants des minorités : policiers, contrôleurs, gardiens, surveillants d'origine belge. En réalité, lorsque cela se produit, le surveillant belge est considéré par les jeunes comme un « traître à sa race » : ils ne conçoivent pas que l'ordre démocratique, c'est-à-dire l'intérêt général, puisse avoir un sens face aux intérêts particuliers. La barbarie commence lorsqu'on perd de vue la loi qui transcende toutes les autres, l'intérêt le plus général, c'est-à-dire l'humain. En même temps, c'est bien normal. Les jeunes réagissent à l'oppression dont ils sont victimes.

Les territoires invisibles sont, dans le pays nubien, des régions qui tendent insensiblement à revenir à la barbarie. Ce n'est pas seulement que la loi de la république nubienne n'y a plus cours. Il s'agit, d'abord, d'une barbarie au sens corporel du terme : violence aveugle, inhumanité, cruauté. On attaque pour tuer. On jette des plaques de métal du haut des immeubles. On se met à trente pour massacrer sa victime. Une douzaine de gamins entre dix et treize ans harcèlent une petite vieille dans la rue, même pas pour l'argent, juste pour le plaisir. On enlève des Juifs et on les torture à mort. On torture aussi, à la lampe à souder, comme au joli temps de la Gestapo, d'autres petits truands avec lesquels on se trouve en conflit. Des balles volent ici et là, qui tuent des enfants. On nourrit des molosses, machines à tuer qui massacrent ou défigurent, surtout des enfants. On poignarde pour une cigarette refusée. On lynche des pères de famille, des jeunes gens ou des hommes âgés, pour un reproche, pour un regard, pour rien. On lapide des bébés dans les bras de leur mère. Le feu remporte en général un grand succès : on brûle vives des adolescentes. On enflamme des handicapées.

On carbonise les bus, avec passagers. On grille des homosexuels. Pour se venger d'un vigile, on lui met le feu, et on le transforme en torche vivante. Il reste défiguré. Les journaux nubiens se remplissent tranquillement de ces *faits divers*. Les jeunes, quant à eux, se réclament de cette barbarie, et s'intitulent eux-mêmes fièrement *barbares*.

Les Nubiens qui connaissent les choses expliquent qu'il s'agit d'une ruse vieille comme le monde, destinée à effrayer la population et à favoriser les succès électoraux des partis nationalistes nubiens, qui cependant n'ont jamais réussi à s'approcher du pouvoir depuis soixante ans. Les jeunes filles brûlent, en Nubie, sans savoir qu'elles ont le tort d'alimenter des arrière-pensées politiques regrettables.

De telles cruautés atteignent parfois n'importe qui, celui qui commet la faute d'être là au mauvais moment. Mais le plus souvent, elles visent une cible bien particulière : l'autre. Qui est l'autre, dans les territoires invisibles ?

L'autre est celui qui n'est pas un mâle jeune, si possible d'origine belge, habitant le quartier. C'est dire que la définition de l'autre est très large. Mais celui qu'on torture ou qu'on tue a le mauvais goût d'incarner une altérité radicale. C'est son corps qui est répugnant : son corps de femme, son corps handicapé, son corps de Juif, son corps d'homosexuel, son corps de vieux. Il n'a plus de conscience, il n'est plus humain. Il n'est plus qu'une chair obscène. De cette chair obscène, par laquelle il craint d'être contaminé, le *jeune* veut se nettoyer, et nettoyer le monde. D'où le succès du feu. Le feu purifie.

En Nubie, ni l'éducation, ni le fonctionnement de la société, ni même la justice ne permettent d'intérioriser la loi. Les bandes de jeunes qui s'adonnent à la petite délinquance n'ont plus la moindre notion du droit et de l'interdit. Ils refusent donc totalement tout ce qui pourrait mettre un frein à leur entreprise. Quiconque s'y oppose, simple citoyen ou police, reçoit injures et menaces. S'ils se font prendre en flagrant délit de vol ou d'agression, ils considèrent comme anormal, voire révoltant, que l'on puisse les arrêter.

De même, le jeune bourreau éprouve souvent assez peu de remords, quelle que soit l'horreur de son crime. Bien au contraire, ses amis et parents, lorsqu'on l'envoie quelques années en prison, se rendent au procès pour crier à l'injustice et injurier les juges. Pourquoi éprouverait-il du remords ? L'autre n'est pas quelqu'un. On ne peut pas se mettre à la place de l'autre.

Aussi doit-on estimer qu'il est juste de le détruire. Un jeune geub a brûlé vive une jeune fille. Non seulement elle a été brûlée, mais son meurtrier, dans son quartier, a été applaudi. Son arrestation a été accueillie par des cris à sa gloire. Car brûler une jeune fille non soumise, c'est laver le monde d'une souillure.

Le voyageur n'a pas à se révolter devant de telles cruautés, et du fait qu'elles puissent être applaudies. On fait souffrir parce qu'on souffre. Arroser d'essence une jeune fille et lui mettre le feu ne peut procéder que d'une intense souffrance. On applaudit son bourreau parce qu'on est très malheureux. Il faut comprendre. On vit dans des immeubles très dégradés. Il y a du chômage. Rien de tel qu'une architecture déprimante pour pousser à brûler vif son prochain. Et comment ne pas se réjouir d'un tel spectacle quand on n'a pas de travail ?

D'ailleurs, c'est bien connu, tous les gens qui souffrent se soulagent par la torture et la cruauté. Les handicapés sont des criminels en puissance. Il vaut mieux éviter de fréquenter un homme qui a perdu sa femme ou son fils, on ne sait jamais. Quant aux enfants martyrs, c'est bien simple, ce sont immanquablement des brutes sanguinaires.

Un Juif barbu a, dit-on en Nubie, édicté jadis deux principes dans la relation au plaisir : le principe de plaisir et le principe de réalité. La limite apportée par la loi familiale ou sociale au désir dessine les contours du monde réel, qui progressivement cesse de se confondre avec la psyché narcissique de l'enfant. L'absence de limites est l'absence de réalité : plus de monde, plus d'autre.

Le jeune Belge évolue donc dans un univers de carton. Les autres (ceux qui n'appartiennent pas à la bande, au quartier, à la communauté ethnique ou religieuse) sont des mannequins dans un décor de théâtre. Le réel n'a ni sens ni valeur. On peut le saccager, on peut le brûler comme on brûlerait des panneaux de bois. Lorsqu'on a compris cela, on a compris qu'on ne peut pas en vouloir au jeune, et qu'il n'y a pas de sens à le sanctionner. Il faut le considérer comme quelqu'un qui a détruit des simulacres, ignorant qu'il faisait mal.

Certains ont cru observer que l'enfant, l'innocent bambin, avait tendance dès son plus jeune âge à s'emparer des biens des autres enfants, à leur casser leurs jouets, voire à leur tirer un peu les cheveux, et même à éventrer les petites bêtes, histoire de voir ce que ça fait. Quoi de plus réjouissant que le sentiment d'omnipotence qui naît des larmes et des cris de l'autre ? L'enfant, ce pur cristal, serait-il un petit bourreau ? Pas du tout. C'est juste qu'il ne sait pas. Si on lui donne des limites, si on lui explique que l'autre est un semblable et qu'on ne peut pas le traiter n'importe comment, il finit généralement, après un certain nombre de tentatives, par le respecter.

Mais une telle théorie engendre des complications ennuyeuses. Elle compromet l'explication plus simple (par conséquent plus élégante) : le jeune délinquant d'origine belge est une victime.

L'Autre du Belge

Pour les Nubiens qui pensent, c'est le geub qui est l'autre, et la société nubienne le rejette pour cette raison. Les Nubiens qui pensent en font grief à leur pays. Pour eux, la Nubie est un pays racorni, voire moisi. La population nubienne, expliquent ces Nubiens, se compose de petits vieux surveillant la rue, dissimulés derrière leurs rideaux, afin de repérer l'étranger ou le rastaquouère. Après quoi, ils envoient une lettre de délation à la police.

La Nubie, dans le passé, a colonisé de nombreux pays. Elle les a exploités, et en a un petit peu, au passage, massacré les populations. Mais cet intérêt mercantile pour le territoire et les biens s'accompagnait d'un intérêt scientifique. Avec la décolonisation, cet intérêt n'a fait que croître. La Nubie se passionne pour les autres cultures. L'anthropologie, la sociologie, l'histoire, la linguistique, la géographie nubiennes tentent de mieux les comprendre. On leur consacre force cours, musées, expositions, conférences. La littérature, la musique et l'art nubiens s'imprègnent profondément de ce qui vient d'ailleurs.

Le mélange de la connaissance et de la culpabilité crée une fascination, en Nubie, pour tout ce qui est différent de la Nubie. En fait, l'autre a fini par accéder à la dimension du sacré. Encore inquiétant pour les Nubiens peu cultivés, il est source de toute valeur pour les Nubiens des classes aisées, les intellectuels, les étudiants, et cette représentation a fini par devenir dominante. Inversement, dans ces classes, le dénigrement de la Nubie, de son identité, de son histoire est devenu monnaie courante, on s'y adonne au regret et au repentir. Recrus de guerres, de massacres, d'extermination, les Nubiens ont fini par ressentir une espèce de honte d'être nubiens, et africains. À la fois coupables et fatigués d'être eux-mêmes, les Nubiens éclairés, instruits et progressistes ne songent qu'à l'autre.

Les Nubiens ont peu de mérite à cette ouverture, si l'on considère que l'élévation du niveau culturel produit fatalement une découverte, puis une intégration de la diversité. La connaissance ouvre la multiplicité intérieure. Plus le Nubien est cultivé, plus il est constitué d'autres.

Le jeune d'origine belge, en Nubie, c'est l'autre. Par là, on comprend qu'il soit déjà justifié aux yeux des Nubiens cultivés. Il lui suffit d'être l'autre : nul besoin qu'il s'intéresse lui-même à l'autre. Bien au contraire, dans les territoires invisibles, c'est l'autre qui est suspect. Le jeune des banlieues se replie sur lui-même, il multiplie les barrières qui font obstacle à toute espèce d'altérité. Il défend son territoire, sa bande, sa religion, sa couleur de peau, sa musique, ses petits frères, sa sœur. Tout ce qui est hors des limites étroites qu'il se donne n'a pas de valeur pour lui, n'existe pas. Il le méprise ou l'ignore. L'éducation a peu de prise sur ces barrières.

Il faut reconnaître que la Nubie est pour beaucoup dans ce repli. Car non seulement elle exclut, mais elle n'est pas rassurante. Elle ne propose plus aux jeunes des banlieues des valeurs stables, des certitudes, des autorités incontestables. La liberté d'expression, la laïcité, ça n'a rien de très rock'n'roll.

Ainsi, le Nubien des banlieues fait revivre le Nubien moyen, le brave nubichouillard en voie de disparition, celui qui continue à porter la chéchia et à brandir des boîtes de chocolat sur des caricatures désuètes, celui qui soulève son rideau au passage de l'étranger. Car le jeune des banlieues, semblable en cela à certains campagnards des provinces les plus reculées, lorgne l'étranger au quartier, se moque de son allure exotique et le chasse si besoin est. Ou bien il le détruit, pour voir ce que ça fait. Ainsi procèdent les enfants. Il faut reconnaître que le jeune montre là une fraîcheur et une spontanéité qui ont fâcheusement abandonné le Nubien ordinaire, trop policé.

Ainsi, le Nubien des banlieues n'est pas étranger à la Nubie. Au contraire, il la caricature rétrospectivement. Les territoires invisibles sont des images anamorphosées du passé. Le quartier est en partie un retour en arrière vers la Nubie agricole, raciste, méfiante et réactionnaire du XIXe siècle. On se demande de quoi se plaignent les Nubiens : leurs banlieues leur sont des parcs nationaux, des conservatoires de l'archaïque.

Nouveaux dieux nubiens

Pour le voyageur étranger, il n'est pas toujours facile de distinguer les valeurs qui fondent la société nubienne. L'islam, en dépit de quelques combats d'arrière-garde, y connaît une certaine désaffection. La Nubie tend à revenir lentement au polythéisme totémique, mais un totémisme d'une nature profondément originale. Il existe deux divinités principales : le Moi, l'Objet.

Les médias nubiens, la littérature nubienne ne cessent de célébrer le Moi. Ce culte emprunte aux anciennes religions un certain goût pour la tautologie. Le Moi est infiniment intéressant, infiniment bon, infiniment adorable. Pourquoi ? Sans raison particulière. Parce qu'il est le Moi.

Cette religion un peu austère ne suffit pas à combler le besoin d'adoration concrète du peuple nubien. Le peuple a besoin de toucher du doigt ce qu'il adore, de prier devant des images. Il se tourne vers l'Objet. Le Moi, en effet, selon les dogmes de la nouvelle religion, s'est incarné dans l'Objet. L'Objet connaît de multiples avatars. D'où une foule de petites divinités. Chaque Nubien est en soi un dieu. Il s'adore à travers ses objets : la voiture, la télévision, la maison, le téléphone donnent un contenu au Moi.

Le Moi, en Nubie, transcende toutes les limites. Il est sacré : la loi, la civilité, les bienséances doivent plier devant lui. Depuis quelques lustres, les Nubiens ont pris l'habitude de considérer toute transgression comme une manifestation divine. Dieu est le Grand Insoumis. Il lui revient de jouir sans entraves. Le Désir illimité est sa Loi.

Et, comme tout Moi est un Dieu, sous les instances variées de ses Objets (son Chien, sa Voiture, son Téléphone, son Fils, etc.), la Nubie est un pays entièrement peuplé de dieux qui détiennent le droit imprescriptible d'imposer à tous leurs volontés et leurs désirs. Cela donne une société un peu compliquée pour l'étranger, mais, avec l'habitude, on s'y fait.

Le jeune Belge est parfaitement préparé par son éducation à s'insérer dans cette société constituée de divinités. Sa culture, sa religion lui suggèrent sa divinité de jeune mâle. A priori, les valeurs de la société nubienne ne la démentent pas. Nul besoin de savoir, de faire, d'être : apparaître suffit, ou cette variante d'apparaître qui s'appelle posséder. Normalement, donc, tout devrait parfaitement se passer. Cette situation est, *a priori*, celle de tout jeune Nubien, et certains connaîtront le même destin que le jeune Belge.

Certes, celui-ci règne sur ses sœurs et parfois sur toute la famille. Il peut, jusque tard le soir, errer dans les rues de son quartier. Il éprouve, dans toute sa plénitude, le sentiment de sa liberté. Il mesure l'étendue de son désir. Mais cette liberté est sans contenu. Il ne peut rien en faire. Son avènement se trouve comme indéfiniment suspendu. Il ne jouit d'aucun privilège, au contraire. Il appartient aux classes les moins favorisées. Il peut se convaincre qu'on l'a relégué dans un ghetto. D'un côté on lui présente le désir comme l'absolu et le moi comme le seul dieu, de l'autre on lui insinue qu'il y a d'autres dieux que lui et que d'ailleurs il n'est peut-être pas si divin que ça. Ainsi, le monde lui refuse ce qu'il a toujours cru lui être dû sans effort, par simple reconnaissance du fait qu'il est lui.

Il faut tenter de se représenter la souffrance engendrée par l'absence de limites. Rien de tel pour s'écœurer de soi-même qu'un monde où chacun jouit en principe d'une liberté divine, mais où cette liberté est vide. Il ne reste au jeune qu'une fuite en avant vers un contenu à donner à cette liberté, vers une consistance du réel qui ne cesse de se refuser.

Le jeune se croyait maître, il se découvre esclave. Une solution pourrait consister à acquérir la maîtrise peu à peu, par l'apprentissage et le travail. Mais cela nécessiterait une longue soumission : soumission à l'autorité de ceux qui détiennent le savoir, et à l'effort. Avec, à l'issue de cette soumission, un résultat aléatoire. Ce serait déchoir que d'accepter de telles conditions.

Le jeune désire la même chose que tout le monde : être. Mais si l'on ne dispose pas d'une certaine culture, c'est-à-dire d'armes critiques (et même si l'on en dispose, bien souvent) seule la possession de l'Objet ou la domination de l'autre apparaissent comme des modes d'être. Le sentiment de relégation géographique ou ethnique, imaginaire ou réel, pousse à choisir ces moyens d'accès à l'être, qui procurent une satisfaction rapide, ou, plus exactement, une représentation de la satisfaction. Posséder ou dominer trouvent leur plein accomplissement dans la destruction, de l'autre ou de ce qu'il possède. Raison de plus pour plaindre le jeune, qui n'a d'autre jouissance que symbolique. C'est cette domination compensatoire que beaucoup de Nubiens ont pris coutume d'appeler *révolte contre la société*.

Les jeunes Belges sont beaucoup plus inoffensifs que cela. En réalité, à leur manière, ce sont des conservateurs. Ils s'offrent, et c'est bien naturel, un substitut de réussite, en opprimant les plus faibles, ceux qui se trouvent à leur portée immédiate.

Le petit dieu mâle assure sa maîtrise, donc, par la dégradation, l'injure, le racket, la rapine, le cassage de figure, et toutes les multiples actions grâce auxquelles on peut éprouver l'impression délicieuse de dominer son voisin et de jouir d'une liberté sans entraves. L'étranger s'étonne parfois que la Nubie accepte cette situation, endémique depuis de nombreuses années. Il doit comprendre qu'implicitement le Nubien reconnaît le bien-fondé de cette révolte. On a vu ainsi des reporters photographes se faire brutaliser, apparemment sans raison, par des jeunes, puis affirmer qu'il s'agissait là sans doute pour eux d'une manière d'*exprimer leur révolte*. Le jeune, lui, a bien compris que les Nubiens légitimaient son droit à se payer de sa frustration sur le premier venu.

Le monde, dans un premier temps, n'offre que peu de

résistance au jeune. Il suffit d'observer toutes sortes de scènes quotidiennes en Nubie. Les jeunes filles importunées n'osent pas répondre. Lorsque des injures ou des agressions se déroulent devant eux, les Nubiens détournent la tête. Lorsqu'ils assistent à des petits larcins, à des dégradations, ils regardent ailleurs. Face aux nuisances sonores, ils n'osent pas réagir. En effet, le jeune Belge, ayant perdu l'habitude qu'on lui résiste, supporte mal, et on le comprend, les plus anodines contrariétés. Il en vient très vite aux injures, puis aux menaces, et même aux menaces de mort. Le Nubien, se disant que tout cela doit être la manifestation d'une grande souffrance, s'incline. Le jeune Belge éprouve alors le sentiment de sa puissance. Compensation encore bien insuffisante, il faut l'avouer.

L'éducation à la nubienne

La Nubie n'étant pas un pays fasciste, les parents ont à cœur de ne pas importuner leurs enfants avec un excès de contraintes, celles qui touchent notamment à la civilité, au respect des horaires et au travail scolaire. Bien entendu, dans les familles monoparentales, ou qui comptent de nombreux enfants, comme cela arrive souvent en banlieue, cet amour de la liberté est encore plus prononcé. La Nubie présente ce trait pittoresque et bon enfant : on y adore les règles (aucun autre pays au monde n'accumule autant de lois et de règlements, et presque chaque événement particulier engendre sa loi) mais on ne les applique pas. Aussi un jeune peut-il traverser son enfance et son adolescence sans intégrer la moindre règle, ni même la notion de leur nécessité.

Le lieu stratégique où la situation pourrait se modifier en profondeur est l'école. Le jeune pourrait y découvrir ce qu'est une règle et une limite. Sous des formes dérisoires : des affaires en ordre, une certaine discipline de comportement et de parole, le silence, l'attention, le respect de la parole des autres, et par-dessus tout celle du maître, qui a pour fonction de lui donner les possibilités de la réussite sociale par le savoir et le travail. Or, l'école nubienne n'en est plus à ce stade archaïque de l'enseignement. Les théoriciens nubiens ont compris que le savoir devait surgir de l'enfant, non du maître (mot lui-même obsolète), et que toute contrainte exercée sur lui était de nature réactionnaire. Le jeune peut ainsi continuer à y exercer sa domination, aux dépens des plus faibles, notamment ceux qui éprouvent le désir réactionnaire d'écouter et de travailler. Il pourra les persécuter, les moquer, les faire taire, surtout lorsqu'il s'agit de filles, comme c'est bien souvent le cas.

Il faut noter, à ce propos, que les écoles nubiennes comptent une fâcheuse majorité de femmes enseignantes. Certaines d'entre elles croient de leur devoir d'enseigner quelques limites au jeune Belge. Comment un petit dieu pourrait-il se voir donner des ordres, ou pire, des admonestations, quelles que soient les précautions prises, par ces êtres inférieurs que sont, dans sa culture, les femmes ?

L'expérience scolaire du jeune sera donc celle d'un lieu généralement sinistre et dégradé, dans lequel un certain nombre d'adultes à l'allure de bouffons tentent vainement de faire cours. Comme les écoles nubiennes sont un lieu de liberté et de démocratie, il y aura appris que l'on peut ne rien y faire, perturber les cours et s'absenter régulièrement sans que cela ait de grandes conséquences. Les représentants du système scolaire se contentent en général de tenter de dialoguer.

À sa sortie de l'école, le jeune n'aura pas la moindre idée de ce que peut être une autorité intellectuelle, un maître que l'on écoute avec respect, parce qu'il sait transmettre son savoir et qu'il sait éveiller les esprits. Il ignorera le recueillement, le silence, l'admiration, l'ouverture vers d'autres esprits et d'autres mondes. Sans doute en ressent-il obscurément le besoin, mais l'école ne l'aura pas rempli, ne lui aura pas même fait prendre conscience de ce besoin en lui. Heureusement, à la sortie, l'Église est là, qui a toutes les explications, dans le recueillement et le silence.

Sur le chemin de l'illégalité, la plupart des jeunes s'en tiendront là. Ils ne dépasseront pas l'agressivité quotidienne, les injures, les incivilités. Il faut saluer leur mérite. D'autres iront plus loin. Ils n'ont jamais rencontré d'opposition très sérieuse. En Nubie, les auteurs de petits délits sont très peu identifiés. Lorsqu'ils le sont, ils ne passent pas toujours en justice. Lorsqu'ils passent en justice, ils sont peu condamnés. Et lorsqu'ils sont condamnés, la peine est peu appliquée. Moins de 5 % des mineurs qui commettent un délit sont connus de la justice. Un quart des peines de travaux d'intérêt général sont vraiment exécutées. En outre, même dans les cas, très minoritaires, où toute la chaîne pénale est parcourue, il s'écoule généralement un temps très long entre le délit et l'exécution de l'éventuelle peine. Par conséquent, brûler des voitures, les voler, trafiquer de la drogue, tout cela s'enchaîne dans une continuité naturelle, quasi harmonieuse, tant sont rares les obstacles. En un mot, la société nubienne délivre une sorte d'autorisation tacite de délinquance. Le refus du jeune de reconnaître, d'accepter une opposition, une contrainte ou une sanction, est donc naturel. Toute réprimande et toute condamnation constituent une injustice.

Lorsque la loi se manifeste, dans la vie du jeune, c'est bien souvent d'un seul coup, et de manière violente. Il vole une voiture, s'amuse un peu, on ne peut tout de même pas faire toute une affaire d'un gamin qui joue à l'excès de vitesse. Il rencontre un barrage de police, il fonce. On tire. Il est tué. Les banlieues s'enflamment. À juste titre : une contrainte démesurée et tardive, dans un monde dépourvu de contrainte, n'a plus de sens. Bien plus : tout ce parcours ressemble à un piège cruel, un complot destiné à pousser le jeune Belge à la faute. La Nubie se comporte comme une mère faible et permissive, qui tolère l'inconduite et les écarts de langage de son fils, jusqu'à ce que, fatalement, il se retourne contre elle et la frappe. Alors elle s'énerve. Mais il est trop tard.

En bonne logique, les Nubiens devraient supprimer toute espèce de contrainte, plutôt que de conserver des prisons, des punitions, mœurs et institutions dignes de temps révolus. La Nubie n'est tout de même plus au Moyen Âge.

La bourrée belge

Dans le domaine culturel, les banlieues sensibles nubiennes sont surtout sensibles à la musique. Elle tient lieu de littérature, et de tout le reste. La musique, elle-même, en dehors de quelques incursions du côté d'Adamo ou d'Annie Cordy, se résume à un unique genre : la bourrée.

La bourrée n'a rien de belge, encore moins de nubien. Pénétrés de culture française, les jeunes Belges lui ont emprunté la bourrée au début des années quatre-vingt. Elle était devenue, en France, la musique des damnés de la terre, des exclus : les Auvergnats. À Paris, au XIXe siècle, les Auvergnats formaient une population d'immigrés chassés de leurs montagnes par la misère. Leurs hautes terres ne parvenaient plus à nourrir des familles à la fécondité galopante. Ils ne parlaient qu'un patois incompréhensible, que les vrais Français appelaient ironiquement du *charabia*. On les employait aux besognes les plus dures, les plus rebutantes, porter le bois et le charbon, ramasser les ordures, les chiffons, les peaux et la ferraille. Ils formaient aussi le gros des bandes d'« apaches » qui répandaient la terreur dans les faubourgs de la capitale, du côté de la rue de Lappe ou de la Goutte-d'Or. Ils y dépouillaient le bourgeois, n'hésitant pas au besoin à le poignarder.

Une véritable mythologie de l'Auvergnat de Paris s'est répandue chez les jeunes de Nubie d'origine belge. L'apache est devenu un modèle auquel on s'identifie. Les jeunes des banlieues de Dongola, Méroé, Assouan ou Berbera n'écoutent plus que de la bourrée. Les voitures, fenêtres ouvertes, répandent dans les rues un fracas de bourrée. Les murs des appartements, dans les cités, vibrent sous le choc de la bourrée passée à fond. Les adolescents se rendent sourds en écoutant de la bourrée dans leurs baladeurs. Des dizaines de radios diffusent de la bourrée. Dans les rues, dans les transports en commun, sur les plages, les bandes de jeunes imposent à tous la bourrée obligatoire, mugie par leurs *cambrousse blasters*. Les jeunes des cités dansent la bourrée au pied des barres d'immeuble, forment des ensembles de musette. Ils y voient un recours à leurs échecs.

Beaucoup d'entre eux se rêvent, un accordéon entre les mains, ou une cabrette aux lèvres, faisant danser des foules sur les grands standards, *Bruyère jolie* ou *Les sabotiers du Cantal*. Car les grands interprètes de bourrée, les virtuoses de la cabrette et du piano à bretelles sont devenus richissimes. Ils arborent des dents et des bagues en or, des chaînes pectorales du même métal. Ils roulent en limousine, s'achètent des villas sur la mer Rouge et ne circulent qu'entourés de grappes de filles peu vêtues, immanquablement équipées de gros seins. Il faut bien que les jeunes aient un idéal, un espoir dans la vie.

Ainsi, le jeune Belge se reconnaît dans la bourrée, et la bourrée exprime ce qu'il est. C'est d'une parfaite circularité. Quel besoin aurait-il d'une autre musique, ou d'un autre art ? Il est lui-même, cela suffit. La banlieue, c'est la bourrée, et la bourrée, c'est la banlieue. Le reste, c'est pour les autres. Le reste : Mozart, Voltaire, Nietzsche, Poussin, Homère, Proust, Miles Davis, Vermeer, Lao-tseu, Dylan, Kurosawa, Shakespeare, Sénèque, García Márquez, Borges, Rembrandt, Varèse, Einstein, Piero della Francesca, Averroès, saint Augustin, Fellini, Django Reinhardt, et *tutti quanti*, c'est pour les autres. C'est de la culture de dominants, de la *culture bourgeoise*. La banlieue a la bourrée. De la culture vivante, et rebelle. C'est son folklore à elle. Pourquoi la banlieue n'aurait-elle pas, comme les autres régions de Nubie, le droit de devenir folklorique ?

La bourrée, certes, est musicalement très limitée. Danse guerrière à l'origine, devenue paysanne et pittoresque, c'est un mélange de musique militaire et de sautillement rustique. Au point de vue des paroles, on retrouve la même rusticité : des vers de mirliton, capables d'exprimer en gros deux sentiments, assez frustes il faut bien le reconnaître : d'un côté une fierté virile, qui s'exprime sous les formes prévisibles de la grosse polissonnerie ou de l'agressivité primaire. De l'autre, un moralisme naïf, le devoir, la vertu des jeunes filles, le respect du voisin, comme au prêche du curé le dimanche. Quelques calembours pour enrichir la forme poétique. Bref, une rafraîchissante simplicité. Beaucoup de spontanéité.

Ce genre brut, quasiment le degré zéro de la musique et de la poésie, a connu une fortune universelle en Nubie. On n'entend plus que ça. Restaurants, boutiques de mode, supermarchés passent de la bourrée. Les magazines spécialisés dans la bourrée prolifèrent. Les jeunes, lorsqu'ils ne s'habillent pas en Belges, arborent la tenue du cabretaïre, sabots de bois, vaste blouse bleue et chapeau de maquignon. La grosse moustache est à la mode.

La bourrée, qui s'est d'abord confondue avec la culture des banlieues, tend à résumer la culture jeune. Intellectuels et artistes s'intéressent à la bourrée. On étudie les paroles des bourrées dans les écoles. Les politiques font l'éloge de la bourrée, s'entourent de joueurs de bourrée célèbres, tels que Doc Géronto, JP Starrak ou Joséphin Vedetttte.

Dans cette généralisation de la bourrée, la jeunesse nubienne, fascinée, et au-delà toute la société nubienne, intègre les valeurs exprimées par la bourrée : les femmes à la maison, les hommes au bistrot, c'est à boire qu'il nous faut, remets-en donc un coup, à bas les *meujs* (les gendarmes), etc. Elle rend hommage en même temps à ce que défendent les principaux joueurs de musette : le gangstérisme des apaches et des marlous, le romantisme du coup de poignard dans le ventre du bourgeois ou du flic.

Il y a là, il faut bien l'avouer, comme un juste retour des choses, et une leçon de modestie administrée à la culture nubienne. On étudie sérieusement, en Nubie, la possibilité d'intégrer la bourrée dans les programmes officiels d'enseignement. Ce serait là une belle leçon de respect envers la culture jeune, et aussi une sorte de grande réconciliation sociale. La culture bourgeoise survivra-t-elle à ce vent de fraîcheur ? Un jour, peut-être, la bourrée aura réduit à rien toutes les autres formes d'art. Ce jour-là, la revanche des opprimés sera complète. Ils auront folklorisé la culture.

Le fascisme

Les intellectuels nubiens, la grande majorité des jeunes Nubiens, les enseignants nubiens et dans l'ensemble toute la gauche nubienne sont antiracistes, féministes, laïques, ouverts aux différences de culture et de religion, opposés à l'exclusion ou à l'oppression des minorités sexuelles, ethniques ou religieuses. Pour eux, quiconque persécute quelqu'un parce qu'il est une femme, un homosexuel, qu'il n'a pas la même religion ou la même culture est un fasciste. Et les fascistes sont ceux qui veulent exclure de la société nubienne la population d'origine belge.

Certes, trop de jeunes sont machistes, antisémites, homophobes, bigots, violents, racistes et obscurantistes. Le voyageur ne se laissera pas tromper par les apparences. Cela n'a rien à voir avec le fascisme. Cela a l'aspect du fascisme, l'odeur du fascisme, le goût du fascisme, mais ce n'est pas du fascisme.

On comprend, bien sûr, que les intellectuels, la gauche nubienne, tous ceux qui ont toujours milité contre le racisme, qui dénoncent les brutalités policières et soutiennent les jeunes soient parfois désorientés. Comment défendre la cause de gens qui cassent la figure à des manifestants pacifistes ou qui persécutent les Juifs ? Le monde semble se renverser. Il faut d'autant plus admirer la fermeté de tous ceux qui ne s'écartent pas de la droite ligne, et continuent, imperturbables, à considérer que les fascistes et les racistes sont ceux qui s'inquiètent de la montée de l'intégrisme catholique, de l'intolérance et de la violence chez les jeunes d'origine belge.

En revanche, de plus en plus nombreux sont ceux qui, après avoir longtemps professé les mêmes opinions, attaqué le racisme nubien, dénoncé les conditions de vie dans les banlieues et le sort fait aux immigrés, commencent à se poser des questions. Ils n'en peuvent plus de l'insécurité croissante, de la multiplication des petites incivilités, des petites agressions commises par quelques jeunes élevés à la hauteur de représentants de toute une communauté. Ils ne supportent plus de voir réintroduire en Nubie une bigoterie dont ils pensaient être enfin débarrassés.

Jusqu'à présent, il y a des choses qu'on ne pouvait pas dire en Nubie, que personne ou presque n'osait formuler. Par exemple, que trop de jeunes avaient un comportement inacceptable, et que la relative pauvreté n'excusait pas tout. Aujourd'hui, on voit de vieux électeurs de gauche se risquer à émettre ce genre de propositions, avec certes beaucoup de précautions. Il ne faut pas hésiter une seconde à considérer ces gens comme ce qu'ils sont : des racistes.

Les solutions

Le fond du problème n'a rien à voir avec les jeunes eux-mêmes, ni avec la culture catholique, ni avec le retour de la bigoterie religieuse, ni avec l'affaiblissement des valeurs de la société nubienne, ni avec la culpabilité endémique des Nubiens, ni avec l'idéologie de la rébellion, ni avec le développement de l'assistanat, ni avec la déstructuration des familles, ni avec la multiplication en banlieue de fratries nombreuses et mal surveillées par les parents, ni avec les enfants de six ans dans la rue jusqu'à minuit, ni avec l'effondrement du système scolaire. Aucune de ces idées, en effet, n'est correcte. Aucune, par conséquent, n'est recevable. Si l'on interroge les jeunes eux-mêmes, ils posent la bonne question : qu'est-ce que la Nubie fait pour nous ?

Et lorsqu'on y réfléchit, en effet, la question surgit dans toute sa force : qu'est-ce que la Nubie fait pour eux ? Rien, ou presque rien. Les jeunes qui ont eu le malheur de naître en Nubie cumulent toutes les disgrâces et toutes les déveines. La société les abandonne, pire, elle les repousse, en dépit des efforts qu'ils accomplissent. On ne prendra pas en considération ce qui tient au saupoudrage charitable : la quasi-gratuité des soins, la gratuité de l'éducation, les allocations familiales, les aides et prestations sociales diverses, les bourses scolaires et universitaires, les loyers HLM, les activités d'éducation et de loisirs organisées par les municipalités, la présence de travailleurs sociaux de toutes sortes, les efforts de réhabilitation architecturale de certains quartiers de banlieue, le bas prix et la densité du réseau de transports. Tout cela et rien, c'est à peu près pareil. Les banlieues sont à l'abandon, voilà tout, il n'y a pas à y revenir.

Les jeunes ont bien raison de s'en prendre à un pays qui fait si peu pour eux. Il faut se mettre à leur place. Ce n'est pas parce que les enseignants leur apprennent à lire et à compter qu'on n'a pas le droit de leur cracher dessus et de leur casser la figure, en tant que valets du système. Ce n'est pas parce que les médecins les soignent gratuitement, que les pompiers les secourent gratuitement qu'on n'a pas le droit de leur jeter des pierres, en tant que valets du système. Ce n'est pas parce que l'État nubien verse à leurs familles les allocations qui les font vivre qu'on ne doit pas s'en prendre à ses représentants. Ils sont tous objectivement complices de l'abandon des jeunes. Toute agression est une révolte, et toute révolte est juste.

Les jeunes réclament du travail. Qu'attend-on pour leur en proposer ? Évidemment, cela ne va pas sans quelques difficultés. Très occupés à se révolter contre l'injustice sociale, les jeunes n'ont rien fait à l'école. Le système scolaire les abandonne sans qualification, disposant de trois cents mots de vocabulaire, dont deux cents obscénités, sachant à peine lire et écrire. C'est injuste. Et en plus, pour couronner le tout, on ne leur propose pas d'emploi. C'est ajouter l'iniquité à l'injustice. Que fait l'État ? Que fait-on pour ces jeunes ?

Oh, bien sûr, on leur offre bien de temps à autre une place de vendeur en supermarché, de peintre en bâtiment, d'apprenti mécanicien, de balayeur. Habitués à une rude vie de labeur, ils brûlent de se lever tous les jours à six heures et demie du matin et d'adopter une vie rangée. Rompus aux privations, se contentant de peu, ils sont tout prêts à percevoir un salaire modeste. Ayant toujours respecté l'autorité, subi sans mot dire les reproches, ils sauraient se plier aux contraintes de la vie en entreprise. Leur courtoisie leur permet de s'insérer sans difficulté dans d'autres milieux que le leur.

Mais ils ont du mal à accepter la médiocrité de tels postes, qui ne correspondent pas à l'idée qu'ils se font d'eux-mêmes, et dont les salaires ne répondent pas à leurs besoins en matière de consommation. On les comprend. N'importe qui vaut mieux que ce genre d'emploi. Il ne s'agit pas, en outre, de créer des ghettos dans le monde du travail. La véritable solution consisterait à proposer à ces jeunes des professions hautement qualifiées, dotées d'un salaire élevé. Reste à savoir comment parvenir à un tel résultat.

On pourrait, bien sûr, envisager une école différente, dans laquelle on créerait les conditions réelles de l'attention et du travail. Alors, en effet, l'école permettrait l'égalité des chances, de même qu'il y a un siècle elle a permis, en Nubie, l'ascension sociale de millions d'enfants de paysans miséreux venus du fond du Sahel, et ne parlant même pas le nubien. Mais ce serait compliqué, et passerait par des mesures vraisemblablement réactionnaires. Les réformes successives de l'enseignement ont permis, en Nubie, des avancées décisives, notamment la substitution de l'animation à l'instruction. On ne peut revenir là-dessus.

La vraie solution, la seule qui soit respectueuse de l'égalité des droits, consisterait à attribuer à ces jeunes un diplôme leur ouvrant un accès aisé à des professions bien rétribuées. Pourquoi ne pas leur décerner des thèses de médecine, des diplômes d'ingénieurs, des agrégations de physique ou des concours d'entrée aux grandes écoles ? À la rigueur, on pourrait aussi nommer d'un coup cent mille nouveaux fonctionnaires des postes nubiennes. Tout cela ne coûterait rien, et les jeunes verraient enfin leurs droits reconnus. Voilà, de manière concrète, ce que l'État peut faire pour la jeunesse des banlieues, et pour l'égalité. Le voyageur attentif pourra d'ailleurs observer que cette réforme est en cours en Nubie. Déjà, tout le monde, ou presque, y est titulaire d'impressionnants diplômes. On voit de plus en plus, dans les rues, les citadins se saluer en s'appelant *professeur* ou *docteur*.

Que fait cette jeunesse pour elle-même, que fait-elle pour le pays ? demandent certains. Ces questions, en réalité, n'ont pas de sens en Nubie, pour qui connaît bien le fonctionnement de cette nation. La citoyenneté y consiste en effet à exercer ses droits, et à attendre que la nation s'acquitte de ses obligations. C'est en cela que la Nubie est moderne. C'est en cela que les jeunes des banlieues nubiennes sont à la pointe de la modernité nubienne.

La répression n'arrange rien. Il faudrait, pour résoudre le problème des jeunes, une véritable politique de prévention. L'essentiel est de savoir dialoguer avec les jeunes, de savoir les écouter. Que les enseignants dialoguent avec les jeunes. Que les éducateurs dialoguent avec les jeunes. Que les policiers dialoguent avec les jeunes. Que les hommes politiques dialoguent avec les jeunes. Que tous soient à l'écoute, et les problèmes des banlieues se résoudront. C'est le dialogue généralisé à l'école qui, déjà, permet l'apprentissage du langage et l'acquisition de compétences professionnelles. Avec un peu de dialogue, avec de bons emplois qualifiés bien payés, finis, les trafics et les vols, terminée, l'emprise du catholicisme le plus rétrograde. Avec un peu de dialogue reviendront le respect de l'autre, le goût du travail et la conscience des limites. La loi sera comprise et intériorisée, citoyenneté et civilité descendront, telles le Saint-Esprit, du ciel des idées pour transfigurer les consciences.

Que les hommes de bonne volonté qui dialogueront avec les jeunes ne se laissent pas rebuter par les avanies, les moqueries ou l'indifférence. Les jeunes aiment parler. Cela fait partie de leur activité favorite. Un peu plus de palabre ne les changera pas beaucoup, et permettra au policier, à l'enseignant de nouer cette camaraderie sympathique qui, par le tutoiement et quelques bonnes bourrades viriles, pousse à mieux comprendre l'importance des règles de la vie sociale. On dialoguera d'individu à individu, comme on le fait déjà.

On se comprendra. Ce sera bien. Après quoi le jeune pourra retrouver sa bande, et oublier le dialogue au profit d'idées, de lois et de valeurs qui s'imposent dans sa bande. Tout le monde sera bien content.

Le voyageur qui aurait raté les grands incendies rituels de l'automne 2005 n'a pas d'inquiétude à avoir. Compte tenu de l'inertie des Nubiens, et de l'attachement de ce peuple à ses vieilles coutumes, il est fort probable que d'autres fêtes se préparent, plus belles encore.

Œuvres de Pierre Jourde (suite)

Ouvrages satiriques sur la littérature française contemporaine

LA LITTÉRATURE SANS ESTOMAC, L'Esprit des péninsules, 2002. Prix de la critique de l'Académie française.

PETIT DÉJEUNER CHEZ TYRANNIE (avec Éric Naulleau), La Fosse aux ours, 2003.

LE JOURDE ET NAULLEAU : PRÉCIS DE LITTÉRATURE FRANÇAISE DU XXe SIÈCLE (avec Éric Naulleau), Mango, 2004.

Éditions, préfaces

PRÉFACE AUX *ŒUVRES* DE MARCEL SCHWOB, Les Belles Lettres, avril 2002.

HUYSMANS : *PIERROT SCEPTIQUE*, préface et notes de Pierre Jourde, La chasse au Snark, 2004.

Poèmes, ouvrages en collaboration avec des artistes

BOUTS DE MONDE (proses), illustrations de Barrie Hastings, Le Quai, 1995.

UN TAS D'AMOUR (conte), illustrations de Barrie Hastings, Le Quai, 1998.

BIOMÉCANIQUE DE LA FEMME À POIL (récit), illustrations de Robert Vigneau, 1998.

HAÏKUS TOUT FOUTUS (poèmes), illustrations de Kristian Desailly, Montélimar, Voix d'encre, 2004.

QUI RIRA LE DERNIER (poèmes), avec Éric Chevillard, Jean-Pierre Gandebeuf et Alain Blanc, Montélimar, Voix d'encre, 2006.

Ouvrage composé
par Dominique Guillaumin, Paris.
Achevé d'imprimer
par l'Imprimerie Floch
à Mayenne, le 15 février 2007.
Dépôt légal : février 2007.
Numéro d'imprimeur : 67699.

ISBN 978-2-07-078386-1 / Imprimé en France.

149548